MEI' WALD
MÜHLE
AUF EIGENE GEFAHR
EULENNEST
ZWEI MÄNNER IN BETRACHTUN
CHRISTINE

BERND MAYWALD
BESICHTIGUNG EINER WINDMÜHLE
VORSICHT
STEILE
STIEGE

BERND MAYWALD

BESICHTIGUNG EINER WINDMÜHLE

EINE VERDREHTE GESCHICHTE

Illustrationen von Bernd A. Chmura

ISBN 3-359-00007-2

2. Auflage

Lizenz-Nr.: 540/95/90 · LSV 7001
Einband und Vorsatz: Bernd A. Chmura
Printed in the German Democratic Republic
Gesamtherstellung: Karl-Marx-Werk Pößneck V15/30
620 824 5

00740

An diesem, also jenem vollkommen gelungenen Tag bin ich freiwillig fast vierzig Kilometer zu Fuß gegangen.

Jaja, na so was, du kleiner Hosenkacker, denken da Ältere, deren Nachbar, der Tischlermeister vielleicht, damals als Geselle in Richtung Süden über Prag mit Schwenk über Warschau, Rostock, Friesland und Thüringen wieder zurück nach Hause gelaufen war. Zwar nicht an einem Tag, sondern in einem Jahr tippelte er die Tour, schlief in den Spänen, wechselte die Wäsche auf vorbeikommenden Wäscheleinen. Und hier plustert sich einer auf mit vierzig romantischen Kilometern! Richtig, kann ich da nur antworten, na, wennschon . . . Die vierzig Kilometer gelten außerdem nicht nur für mich, sondern auch für einen anderen, von mir zum Chefwanderer ernannten Fußgänger. Uns verband ein gewisser Hang zum Asozialen. Weder er noch ich besaßen ein Auto – oder wenigstens eine Anmeldung dafür. Beide waren wir jener übersinnlichen Kräfte mächtig, die das fehlerarme Lesen eines Eisenbahn-Kursbuches erfordert. Ausgerüstet mit diesem Hexeneinmaleins, hatten wir schon manch fröhliche Tour unternommen. Die Fröhlichkeit solcher Ausflüge ergab sich mitunter aus Planerfüllungs-Komplikationen der Eisenbahn – wenn also Züge mit Verspätung fuhren, Anschlüsse platzten, man fürs gleiche Geld deshalb große Umwege fahren durfte und dadurch wieder Leute und Umstände kennenlernte, an die man sonst nie geraten wäre. Den Titel des Chefwanderers verlieh ich meinem Mitläufer aus Gründen, die er nie erfuhr. Vielleicht nämlich war er es gar nicht, aber wenigstens spielte er ihn gut.

Die Schilderungen seiner Expeditionen, die er im Kollegenkreis nicht anzukündigen vergaß, strotzten von kernigen Dorfkneipen und kernigen Bauern bei kernigem Bier. Er studierte sozusagen das kernige Leben. Denn dieses war für ihn ein echtes Abenteuer. Er arbeitete als Restaurator in einem sächsischen Museum. Kennengelernt hatte ich ihn, als er den Amateurfilmklub besuchte, in dem ich als 8-mm-Produzent werkelte, weil er jemanden suchte, der ihm die Amateurfilmerei ein bißchen erläutern konnte. Er wollte auf seinen Wanderungen gern filmen. Ich hielt das für sinnvoll, also der Mühe einer Bedienungsanleitung für wert. Er reiste wirklich viel und sah allerhand, was andere nicht sehen, so jedoch im Film sehen würden, falls sie wollten. Ich selber war jahrelang Reisefilmer gewesen und hatte dann mit den Filmchen Vorträge bestritten. Inzwischen betrieb ich die Filmerei professionell. Damit sank das Interesse am Nebenbeifilmen. Mit der Zeit bemerkte ich beim Chefwanderer die verdächtige Tendenz, weniger das Wo als sein stolzes Wie des Wanderns zu filmen. Wie zünftig er ausschritt und was er für ein Kerl war, das sollten alle erfahren und bestaunen. Hatte ich ihm das beigebracht?

Ein Wanderer-Narziß, der seine Flucht in die Stille andern nicht immer leise aufdrängte. Ähnlichkeiten mit Reisebüro-Touristen, die nicht verreisen, um sich zu erholen, sondern um davon zu berichten, sind nicht ganz zufällig.

So weit die negative Auslegung seines Publikationsbedürfnisses. Die positive Seite könnte sein, anderen seine Art der Erholung oder Freizeitbeschäftigung empfehlen zu wollen.

Die Gelungenheit des als vollkommen angekündigten Tages sollte aber nicht darin bestehen, mit Lust auf anderen Leuten herumgehackt zu haben, denn fest steht: Der Chefwanderer wanderte »an sich«, stellte an Wetter, Nahrung und Nachtlager allergeringste Ansprüche und suchte immer die am wenigsten ausgetretenen Pfade.

Ob er ein kleiner Schwärmer war oder diesen nur spielte oder noch viel sentimentaler war und diese Eigenschaft zum kleinen Schwärmer herunterstapelte, konnte ich lange Zeit nicht herausfinden.

Mit ihm also hatte ich mich verabredet, von Rosenthal nach Riewendt zu laufen. Beide Orte liegen kilometermäßig, wie schon angedeutet, für Fußgänger ganz schön weit auseinander. Zwischen beiden Flecken gibt es einige kleine, allen dort nicht ansässigen Leuten völlig unbekannte Dörfer, die eine landschaftliche Gemeinsamkeit verbindet: Sie hängen waghalsig am Hang des Niederen Fläming, eines der höchsten Gebirge der Mark Brandenburg. Diese Erhebung bemerken aber nur Radfahrer oder Fußgänger, Autofahrer müßten kaum herunterschalten.

Die letzten Novemberblätter konnten sich dank milder Windstille an den Zweigen festklammern, Frühdunst stand verschlafen um uns herum, die Fernsicht verwehrend. Jene Art von Helligkeit herrschte, bei der keine Sonne sichtbar wird, man aber trotzdem die Augen zusammenkneift.

Unsere Landkarte, ziemlich neu, also höchst ungenau, gestattete uns immerhin die Festlegung der günstigsten Himmelsrichtung für die Wanderung. So ungefähr nach Norden kramten wir uns die Feldwege heraus. Oft landeten wir mitten in einem Dorf, ohne die gelben Schilder am offiziellen Ortseingang passiert zu haben.

Die Leute zu fragen: »Wo sind wir'n hier?« erschien uns doch zu blöde, abgesehen davon, daß einen Menschen zu treffen gar nicht einfach war. Als wir endlich einen erspähten und ansprachen, um den uns interessierenden Weg zu erfragen (wir erkundigten uns sicherheitshalber nach dem übernächsten Dorf für den Fall, schon in jenem nächsten Ort zu sein, nach dem wir eigentlich fragen wollten), erwiderte der männliche Mensch: »Nach Großzesch? Na, da fahrn Se am besten ...«

»Nein, wir wollen zu Fuß dorthin, so irgendwie zwischendurch.«

Für einen Moment zeigte er in eine sehr unbestimmte Richtung. Er musterte uns, als suche er nach dem vielleicht doch noch unter dem Anorak versteckten Auto. Endlich rückte er damit heraus, zwischen welchen beiden Gehöften wir hindurchschlüpfen müßten, um auf dem rechten Pfad zu bleiben.

»Ja, 'ne Gaststätte findet ihr in Großzesch, unsere hat Krankheit.«

Am allerersten Schwarzen Brett, das wir in Pickel-Pitschen vermuteten, erfuhren wir, in Wildau-Wentdorf gelandet zu sein. Die Ortsnamen sind nicht einmal erfunden. Überhaupt war es aber gar nicht wichtig, ob wir uns ein bißchen verlaufen hatten.

Riewendt war zwar unser Ziel, aber hätten wir hinter dem Dunst schließlich Dresden oder Schwerin entdeckt, wäre das auch egal gewesen.

Gerieten wir auf asphaltierte Straße, empfanden wir das als unlauter und peinlich. Schnellstmöglich verließen wir solch unwürdiges Pflaster und folgten wieder sich schlängelnden Wegen zwischen Wald und Feld, zwischen Pfützen und Rinnsalen hindurch. Die Zeit der Zeitungsberichte über Erfolge in der Ernteschlacht lag schon einige Wochen zurück, und die Kartoffeln sowie Rüben standen nicht besonders. Wegen vieler Regentage versank die agrarrevolutionäre Losung »Ohne Gott und Sonnenschein bringen wir die Ernte ein« vorerst in Schlamm und Lehm.

Wir bestätigten uns gegenseitig, gehört zu haben, störrische Bauern seien der Meinung, in solchen Fällen müsse man eben das Pferd anspannen und Hand anlegen. So taten wir das, was viele tun: Wir bekakelten Dinge und Zusammenhänge, von denen wir so gut wie nichts oder – besser – höchstens nichts verstanden.

Unser gemeinsamer, am Mann transportierbarer Notproviant in Form von sechs Keksen, zwei Schluck Korn und einer angerissenen Rolle Traubenzucker-Drops wurde redlich geteilt. Ein kleiner Waldacker spendierte uns zwei Maiskolben.

Am nächsten Waldrand fragten uns Leute unbefragt von einem Traktor herunter, wohin mit uns. Man könnte sich fragen, warum die uns das fragten. Diese mögliche Folgefrage will ich ungefragt beantworten:

Im November befanden sich drei völlig normale, also in die Gegend passende Leute auf einem Traktor mit Hänger. Da kamen zwei Typen vorbei. Einer langhaarig, aber etwas zu alt dafür, nickelbebrillt, bebärtet, schlampig bekleidet, was modern sein sollte. Der andere mit grüner Försterjacke, Brotbeutel, Lederkniehosen, karierten Kniestrümpfen und Bundschuhen, straff gekämmt, insgesamt vor allem spindeldürre.

Gedacht haben werden die Leute: Wo kommen *die* denn her?! Aber höflicherweise fragten sie eben: »Wo wollt *ihr* denn hin?!«

»Erst mal nach Großzesch.«

Freundlich, doch mitleidig vermuteten sie: »Da werd'a wohl nich weit komm', der Weech vakleckat da auf'n Acka.«

Hier waren mehrere Genossenschaftsfelder zu einem Übergenossenschaftsschlag zusammengepflügt worden. Der ungefähren Richtung nach liefen wir auf den Wald zu, der am gegenüberliegenden Ufer des Feldes erkennbar war, dort mußte der überpflügte Weg ja irgendwo weiterführen.

Es folgt nun die sensationelle Mitteilung, daß diese Hypothese von der Praxis bestätigt wurde. Mit dem Hintern im Gras, mit den Schuhsohlen direkt auf den kleinen Wellen der geeggten Erde, faßten wir einen Entschluß: Hinhauen und ein bißchen schnubbeln.

Dieses Schnubbelwort benutze ich hier an einer Stelle und zu einem Zeitpunkt, an der und dem ich diese Schöpfung, in dieser Gegend üblich, noch gar nicht kennen konnte. Es bedeutet soviel wie pennen, dösen, ein bißchen schlafen, abruhen.

Schnubbeln, finde ich, ist ein richtig gemütliches Wort, es beruhigt dermaßen, daß man davon allein schon einschlafen könnte. Jedenfalls schnubbelten wir gerade so lange, bis die Kälte begann, aus dem Gras in unsere Rükken überzusiedeln.

Ende der Rast, der Weg unser.

Wir redeten viel Unsinn, was man ganz schön üben muß, bevor man da mitreden kann. So was entschlackt den Kopf, der sonst immer (angeblich) darauf achten soll, nichts (angeblich) Falsches zu sagen. Ab und zu forderten wir uns gegenseitig auf, endlich das Maul zu halten, um der Kollegin Natur zu lauschen. Dann übermannte den Chefwanderer schließlich eine Wagner-Arie. Nicht so laut wie im Theater mit vollem Orchester, aber mindestens genauso lang und durch nichts einzudämmen. In einer Atempause bedauerte er, nicht mehr, wie früher, die ganze Oper auswendig zu können. Ich erschauerte. Da schien ich mit knapper Not einem härteren Schicksal entgangen zu sein.

Als wir aus dem langen und breiten Wald herauskamen, baute sich ungefähr zwei Kilometer weiter – hinter einem frisch gepflügten Riesenfeld auf einer leichten Anhöhe am Ende eines von uns aus schnurgerade dorthin führenden breiten Ackerweges – ein Dorf wie Lhasa auf. Der Eindruck entstand wohl aus dem tiefen Gegenlicht, denn bei näherem Hinsehen gab es sich dann, bescheidener werdend, durch seine mit den Angaben der Landkarte übereinstimmende ungewöhnlich breite Dorfaue als das ersehnte Großzesch zu erkennen.

Diese Gegenlicht-Show-Beleuchtung wollte ich mir für meine Filmerei merken; so könnte man sparsame Dekorationen mit Licht gewaltig aufblähen.

Eine schnatternde Schulklasse, vom Lehrer mühsam

überredet und kommandiert, ging vorm Finsterwerden noch mit der Machete den Rüben ans Kraut.

Eine andere Herde Schafe blökte sich nach Hause in den Stall. Für uns war die Tour eigentlich zu Ende.

Bis Riewendt blieben über Mahlow noch sechs oder acht Kilometer, aber die zählten nicht.

Aus dem Chefwanderer brach eine neue Arie hervor. Diese beschleunigte seinen Schritt. Mir war das ganz recht, ich konnte etwas zurückbleiben, was mich vor der vollen Gewalt des Gesangs schützte, den der Chefwanderer vor sich her feuerte, so daß mich nur Streuschall erreichte.

Plötzlich erstarb die Arie.

Plötzlich erstarrte der Chefwanderer.

Unbeweglich blickte er – jedenfalls nahm ich an, daß er blickte – aus dem durchschrittenen Wäldchen heraus.

Fest stand, den Abbruch der Arie konnte nur eine weit stärkere Macht erzwungen haben, als ich eine war. Der Chefwanderer zielte mit dem Finger genau auf die Mahlower Windmühle: »Da müssen wir hin.«

Sein Ton ließ bei mir überhaupt keinen Gedanken an Widerspruch aufkommen.

Natürlich war das keine richtige Windmühle, sie hatte kaputte Flügel, aber gemahlen wurde per Motor noch irgendwas. Die Mühle kannte ich aus der Ferne, schon oft hatte ich in Riewendt mir bekannte Musikanten besucht. Die Mühle am Wege – was sollte ich damit? Dem Chefwanderer war diese Gegend neu, ihn traf mangels Ortskenntnis der Mühlenanblick unerwartet. Der Mühle wegen aber die Arie abzubrechen und aus der Fassung zu geraten hatte Gründe, zu deren Faßbarmachung ich etwas ausholen muß.

Schon seit längerer Zeit intrigierte er nicht ungeschickt, um sich und seine umfangreiche Familie – immerhin gehörten dazu außer seiner Frau Diana vier Kinder – in einer Mühle einzuquartieren, so ein Ding also zum

MÜHLE

Wohnhaus zu machen. Als Museumsmensch ohnehin vorbelastet, wollte er mit eigener Mühle gewissermaßen über ein eigenes Museum verfügen, durch das er dann Urlauber führen könnte. Natürlich sollten keine Führungen durchs Schlafzimmer stattfinden, aber der technische Teil der von ihm ins Auge gefaßten Mühle würde gewiß imponieren. Zwar handle es sich dabei nicht um eine Wind-, sondern um eine Wassermühle, aber Mühle sei im Prinzip gleich Mühle, nur der Antrieb wäre verschieden, hatte er mir mal populärwissenschaftlich erläutert. Als völliger Mühlenlaie hatte ich nur mit »Aha« antworten können.

Jetzt also, ohne um meine Zustimmung nachzusuchen, lenkte der Chefwanderer seine Schritte quer über den Acker stracks der Mühle zu. Ich fügte mich seiner unabwendbaren Initiative. Fanatische Briefmarkensammler, Unterwasserfilmer, Numismatiker und Pyromanen kannte ich – der Chefwanderer aber entpuppte sich in fast bedrohlicher Art als Mühlenfanatiker. Schon äußerlich erinnerte er irgendwie an einen berühmten berittenen Vorgänger, mit mir als kleinem dickem Eseltreiber im Gefolge. Also dick eigentlich nicht, dafür aber vielleicht selber der Esel. Der Müller sah uns wohl schon kommen, er trat vor die Tür, beide Hände lose und halboffen neben sich, damit andeutend, nur ganz kurze Zeit nicht zupakken zu wollen. Trotz Krummheit und Alter sowie Glatze bewiesen seine Augen Munterkeit und seine verhältnismäßig glatte Haut ein erst viel später von mir festgestelltes Kuriosum: Müllers sind meist mehr oder weniger rothaarig. Ja, warum, warum – so weit sind meine Forschungen noch nicht gediehen.

Peinlichkeit befürchtend, beugte ich mit einem nachträglich als voreilig erkannten »Guten Tag« vor, bekam ein neutrales Kopfnicken als Bestätigung für meinen guten Wunsch und stutzte, als der Chefwanderer für ein »Glück zu« einen deutlich freundlicheren Blick, denselben Ge-

gengruß und eine begrüßungsbereite Hand erhielt. Mir weiterhin unverständlich, redete der Chefwanderer davon, er könne zwar »keinen Gruß vom letzten Meister und Gesellen« ausrichten und auch »sein Bündel nicht hinter die Treppe legen und den Wanderstock nicht zwischen die dritte und vierte Stufe stecken« oder so ähnlich – auf die Stufenzahl will ich mich nicht genau festlegen. Mein Staunen schwoll, als der Müller sogar die zweite Hand hob und des Chefwanderers eine mit beiden umfaßte.

Also ein Code!

Die beiden nahmen von mir keine Notiz mehr. Als des Chefwanderers Schatten folgte ich den scheinbar seit langem miteinander bekannten Herren in die Mühle.

Dem Chefwanderer entging freilich nicht meine Glotzäugigkeit. Das beflügelte seine Zurschaustellung sämtlicher mühlentechnischer Kenntnisse. In dieser Mühle, so erfuhr ich, oder besser: soviel verstand ich, stellte man zwar kein Mehl mehr her, sondern Schrot und Mischfutter (was immer das sein mochte), aber man könnte, wenn man wollte, die Windkraftanlage (gemeint waren offenbar die Flügel) wieder herrichten. Das lohne sich aber nicht, weil . . . und so weiter. Wen interessiert das.

Immerhin, mich – den ehemaligen Technologen – beeindruckte die Technologie dieser Getreideverarbeitung. Da huschten Förderbänder in quadratischen Holzrohren senkrecht in die Höhe, Elevatoren genannt und vor zweihundert Jahren erfunden; Förderschnecken, vor zweihundert Jahren aus Holz, jetzt aus Blech, rumorten in Mischmaschinen, Korkenziehern sehr ähnlich. Das ganze mehlbestäubte maschinelle Durcheinander, viel mechanische Automatisierung verratend, weckte in mir den offenbar nur scheintoten Extechniker. Ich schaute kopfnickend um mich, ohne allzuviel zu begreifen. Nach freundlichem Abschied gab sich der Chefwanderer jovial, Fragen meinerseits ausführlich beantwortend. Mit Mühlenkram aber will ich das Ende der Schilderung eines vollkommen gelungenen Tages nicht verhunzen.

Schwatzend erreichten wir unser Wanderziel, angelten uns in der nächsten Kneipe die saftigsten Fleischstücke von der Speisekarte und umspülten das Essen mit je einem ausgleichenden, überhaupt alles ausgleichenden Boonekamp und zwei oder drei Bieren.

Leicht schnaufend stiefelten wir zum Bahnhof und bemühten uns während der Fahrt, die Müdigkeit so weit zu beherrschen, daß wir unsere jeweiligen Aussteige-Bahnhöfe nicht verpaßten.

»Glück zu« vom Chefwanderer und »meinetwegen« von mir waren der letzte akustische Austausch.

Ich hatte es ja angekündigt: ein fürchterlich gut gelungener Tag! Nur eitel Freude! Kaum auszuhalten!

Aber das kriegen wir schon wieder hin.

Regelmäßig erschien ich zu den Sitzungen meines Betriebes der sogenannten »Filmbranche«, in der ich seit längerer Zeit als »Macher«, als Regisseur also, angestellt war.

Nein, bitte, keine Fragen zum Thema: Was machen eigentlich Regisseure beim Film? Das zu erklären ist schwer möglich. Das beste wäre, jeder probiert's mal aus. Irgendwas aber machen sie jedenfalls, sonst hätte man sie nicht erfunden.

Kurz nach dem erwähnten gelungenen Tag nahm man mich beim Abhaken der hektographierten Anwesenheitsliste klassenbuchmäßig zur Kenntnis und ließ mich nach der Sitzung ohne Auftrag wieder gehen.

Meiner Nichtmehrbeschäftigung war in Anerkennung bisheriger Leistungen eine Gehaltserhöhung vorausgegangen. Fürs Stillhalten gab es jetzt mehr Geld als für jahrelange Tag-und-Nacht-Arbeit. Die Firma neigte vielleicht zu der Ansicht, überlegte ich mir, täte ich mehr als nichts, wäre der damit angerichtete Schaden noch teurer. Der eventuell anrichtbare Schaden hätte die Form eines Zelluloid- oder Video-Films. Und Film ist bekanntlich teuer.

Unser Betrieb, das Studio »Licht ohne Schatten« (kurz: LIOS), stellte vor allem Unterhaltungsfilme her. Dafür besteht immer Bedarf. Hat einer einen komischen Hut auf, so gehört er in unsere Kartei. Unsere Filmrollen kann man überall zur Restaurierung des Einnahmesolls vorführen: in der Großstadt nach einem hochwichtigen, aber Kassenlöcher reißenden Kunstwerk oder im großen Sommerzelt eines Nah- oder Fern-Ausspann-Reservats.

Ob aus einem Automaten neue Schrauben springen

oder alte Schrauben singen – beides wird gebraucht. Wir speisten die Flackerdinger mit den letzteren. Gut, nicht nur – auch manch junge Mutter fand Verwendung.

Man könnte vermuten, unterhaltendes Entspannungsgeplätscher wäre zeitlos, es könnte dahinrieseln wie ein märkisches Rinnsal bei Pickel-Pitschen fernab der Wirren dieser Welt. »Haa!« kann ich da nur ausrufen und energisch wiederholen: »Haa!!« Das Problem besteht darin, persönlichen Geschmack, Mode, Amortisation und Weltanschauungen auseinanderzuhalten oder gegebenenfalls zu kombinieren. Man muß zielgerichtet lachen!

So albern das klingen mag, dran ist schon was.

In der Technik läßt sich ausrechnen, ob die Neukonstruktion besser und billiger funktioniert als das bisher Vorhandene. Und schon da kann man sich schrecklich irren. Beim Singen und Witzeln aber sind Risikobereitschaft und Wendigkeit samt Entschlußkraft nicht weniger zur Behauptung gegen ideelle Konkurrenz erforderlich als bei der Aufgabe, verderbliches Gemüse zu verkaufen.

Unser kleiner Drehstab, der lange Zeit zusammenarbeitete, bestand aus einem artistisch begabten Kameramann, einem Journalisten ohne jedes Interesse an einem stabilen Schreibtisch und einem Bühnenbildner, dem erst nach einem auf ex geleerten, erschreckend großen Glas Kognak etwas einfiel, dann aber viel.

Meine Zwangsvorstellung bestand darin, daß ewiges Hochglotzen zu »internationalen« Stars genau die Zeit kostet, in der man in der eigenen, näheren Umgebung talentierte Leute trainieren oder, um im Jargon zu bleiben, aufbauen könnte.

Daß diese von uns vermuteten Talente auf musikalischem Gebiet zu suchen sein würden, darf man mit Recht vermuten.

Wir ruderten von einem Jugendklub in die nächste Krawallhölle. Wo wir uns meldeten, wunderten sich die dortigen leitenden Organe über das bei unserer hehren Firma plötzlich erwachte Interesse. Als das Ganze umreißbare Formen annahm, erste Musikaufnahmen stattfanden, flatterten unserm Vorgesetzten die Hosen, weil die von ihm mutig gestattete Initiative offenbar in ihm unliebsame Dimensionen ausartete. Wir wurden den Eindruck nicht los, daß er sich damals, als ich die Sache nach einem durch ständige Telefonate mit seinem Sekretariat abgerungenen Gespräch vorschlug, nur einen unbequemen Besserwisser vom Halse schaffen wollte. Seine Hoffnung, das Unternehmen würde sowieso im Sande verlaufen, erfüllte sich nicht. Das Flattern bestätigte sich wenig später.

Er rechnete nicht damit, vier Leute, die ihr altjüngferliches Elevendasein satt hatten, könnten sich treffen und endlich ernst zu nehmende Arbeit liefern wollen. Wir organisierten rund um die Uhr. Das Telefon klingelte nachts um zwei, weil ich dieser oder jener Kapelle hatte Grüße ausrichten lassen, mit der Bitte, mich nach den Veranstaltungen anzurufen.

Die hauptamtlichen Jugendverbandsmitarbeiter wußten nicht so recht, ob sie sich freuen durften, weil ihnen einerseits keine Direktive unsere Initiative angekündigt hatte, ihnen andererseits Hilfe willkommen war. Ein großer Musikfilm mit populärer Musik, im Vorspann vielleicht mit den Namen der aktivsten Helfer aus dem Verband – das verlockte zum Baucheinziehen. Wir vier sahen allerdings nicht so aus, wie älter gewordene Jugendverbandsmitarbeiter auszusehen pflegen, das erregte wiederum Mißtrauen. Mein Chef sagte, als wir ihm die ersten Filmteile noch nicht vorführen konnten, weil die Technik versagte, in der Presse aber Interviews mit uns vieren erschienen, die Werbung also schon lief und das Unternehmen nicht mehr zurückzunehmen war: »Wenn das schiefgeht, nehmen wir alle unsern Hut.«

So weit seine Hauptsorge im Kampf um die musikalischen Massen.

VERBOTEN
DIE RICHTIGE FRISUR!
ÜBERGLÜCKLICHE GENERATION
O JUBEL!
WARUM ICH GLÜCKLICH BIN
SKANDAL!
DEKADENZ
KELLER-KINDER!
SCHLAMPIGKEIT!
HAARSCHNITT!
PREMIERE

Inzwischen verstrichen die üblichen drei Durchschnittsjahre für den diensthabenden Chef, unsere Ulk-Abteilung erhielt ein frisches Exemplar von Leiter, das natürlich schon vieles andere geleitet hatte.

Der Chef kam diesmal von einer Zeitung, in der viele brave Musterschüler auf den Bildern herumlächelten. »Die überglückliche Generation« hieß das bunte Blatt.

Aber nun war er eben unser Chef!

Er wollte jetzt zweifellos dem überglücklichen Film zum endgültigen Durchbruch verhelfen. Dieser neue Besen, voller neuer und übernommener Sorgen, ließ uns versehentlich ein Weilchen gewähren. Ich glaubte schon, wir täten das Richtige, da traf uns gerade in höchster Euphorie der Schlag: Einen Tag vor der Premiere, überall hingen die grellbunten Ankündigungsplakate, fand für den neuen Chef eine Extra-Vorführung statt. Wir wunderten uns darüber, denn der Film hatte bereits alle Instanzen durchlaufen.

Ohne erkennbare optische und akustische Reaktionen, mit eisernem Gesicht, ließ der Chef unser Werk über sich ergehen.

Als das Licht angeknipst wurde und wir zumindest Einverständnis, wenn nicht gar dosiertes Lob erwarteten, hörten wir von Dekadenz, Kellerkindern und viel zu langen Haaren, schlampiger Kleidung und Verniedlichung gewaltiger philosophischer Probleme. Niemandem vor ihm schien das bei Probe-Vorführungen aufgefallen zu sein. Das Drama spielte nämlich in jener glücklichen Zeit, als lange Haare ein untrügliches Kennzeichen von Renitenz waren und man lautere Charaktere am zackig kurzen Haarschnitt erkannte. (Erst als sich die Renitenten später heimtückisch mit kurzen Frisuren tarnten, verlor man etwas die Übersicht.) Gegen neumodische Massenbelustigungen samt Habitus rannten manche zuerst fürchterlich an. Welch unnützer Kraftaufwand, sich fünf Jahre lang gegen etwas zu wehren, das man zwar nicht erfunden hat, andererseits nicht verhindern kann und schließlich doch nutzt – also braucht.

Sofort zu schalten würde geringeren Verschleiß verursachen. Die Zeit vergeht. Die bekämpfte Sache wird Alltag. Während der Kampfzeit wächst unbemerkt wieder etwas anderes heran, das aber wegen der tobenden Schlacht gegen das vorherige Übel außerhalb des Blickfeldes bleibt oder wenigstens nicht ernst genommen wird. Ein neuer Kampf beginnt mit Erkennen der neuen Gefahr, bis dann wieder ein giftiges Gespenst die Metamorphose zum wundertätigen Allheiler durchgemacht hat.

Wer sich mit modischen Liedern befaßt, kann ein Lied davon singen!

Aber eben das war ja unser Beruf!

Also wie gesagt, die Vorführung war zu Ende, das Licht angeknipst, der Chef hatte sich argumentatorisch betätigt, wenn auch wolkig. Der allerdings handfeste Chef-Schlußsatz war so kurz wie unmißverständlich: »Die Premiere fällt aus.«

Unsern Chef traf diese Woge aus einer Jugendklubwelt außerhalb von Pappkarton-Dekorationen und ohne Kleindarsteller, wie die Komparsen heute heißen, einer Welt, die sein Dienstwagen nie streifte, unvorbereitet. Ohne Training hätten wir ihm das nicht zumuten dürfen. Wir hätten vorsichtiger versuchen müssen, ihn auf eventuelle kleine Unterschiede zwischen überglücklicher Unterhaltungs-Illusion und Großstadt-Jugendleben vorzubereiten, die möglicherweise nicht auszuschließen seien . . .

Uns blieb die Erkenntnis, in einer von unserm Chef weit entfernten Gegend und Zeit zu leben, wir hatten offenbar nahezu verbrecherisch Unterhaltung mit existierendem Leben verbunden. Vielleicht nicht perfekt, aber eben überhaupt. Unterhaltung schien also doch mehr zur Kunst zu gehören. Keiner verstand jedenfalls den andern. Der Chef schaute auf die Uhr, murmelte eiligen Abschied und entwich. Jeder von uns vieren nahm dieses Ereignis anders, keiner leicht. Ich sah nicht mehr, drehte aber durch.

Eine Art von Aufregung ergriff mich, die ich bis dahin nicht kannte. Je mehr ich mich zur Ruhe zwang, desto schlimmer wurde es: Ich fürchtete zu ersticken, dann verkrampften sich unter heftigem Kribbeln Arme und Beine, man schleppte mich in die Sanitätsbaracke und spritzte mich zur Ruhe.

Als ich wieder aufwachte, allein im Zimmer auf meiner Pritsche, war in mir alles leer.

Man denkt immer, man denke immer. Ich dachte an nichts. Also gibt's das doch.

Aber das dachte ich erst später.

Der Arzt schickte mich mit Pillen in den Wald; ich sollte viel spazierengehen. Er wieder kannte wohl den trübtraurigen Märzwald nicht da draußen vor der Tür. Ich sah nur geeignete und ungeeignete Äste.

Wieder als genesen befunden, konnte man mir zufällig gerade keinen neuen Film geben, denn das Planjahr war verplant.

Der Zufall hielt an. Ich war beruflich überflüssig geworden, ich wurde nicht gebraucht. Kurzschlußgefahr.

Ich saß in der Kantine. Dort traf ich mir bekannte Musikanten. Die üblichen Fragen: »Spielst du jetzt bei Impreß oder Expreß? Was machen Index und Exzeß, Enorm oder Abnorm, Formation oder Kompression?«

Oder wie die Leute sich damals nannten.

Dann redete man über Verstärker, Gibson, Hammond und Halbmond, Ludwig, Hoch- und Tieftöner, Stereo, Quadro und Video – also über all das, wovon gewisse Kreise glaubten, daß wir alle es dringend brauchten und deshalb unbedingt kaufen sollten, damit uns die Industrie der Unterhaltungsbranche der Mühe entbinden konnte, uns selber unterhalten zu müssen.

Mit einem mir unbekannten Menschen, einem Techniker wohl, kam ich ins Reden, aus Langerweile oder – nein, kein Oder. Er bestand ebenfalls aus Stereovideo in Quadrocolor, benutzte aber das Wort »Mühle« im Zusammenhang mit Recorder, weil sich da was dreht. Mir gefiel die von ihm gelobte Technik nicht: »Da wäre mir eine richtige Mühle lieber!«, mich an Mahlow erinnernd.

Etwas beleidigt entfuhr ihm: »Kannst ja die in Mahlow koofen«, denn er gehörte in die Riewendter Gegend.

Ich stutzte: »Mahlt die nicht mehr?«

»Nee, der Müller ist gestorben.«

»Aha.«

So oder ähnlich tiefschürfend antwortete ich, bevor wir das Thema wechselten.

Während meiner späteren späten Heimfahrt im halbdunklen und halbleeren Zug kam das Stichwort »Mühle« gelegentlich am Gehirnabtaster vorbei.

Ich rief noch halbnächtens den Chefwanderer an in der Hoffnung, er könne mich in dieser Angelegenheit beraten. Vielleicht ließe sich eine Windmühle ähnlich herrichten wie seine – noch nicht seine – Wassermühle.

Ich erfuhr vom Wanderer, daß der Mahlower Müller in der Tat plötzlich gestorben wäre, wenn auch, wie es sich gehörte, auf der Mühle. Das Kundenbuch hätte noch aufgeklappt gelegen, die Mahlpost, wie so was heißt, und darauf die Brille . . .

So genau wollte ich's nun wieder nicht wissen.

Des Müllers Erben hätten schon erfolglos annonciert.

Jedenfalls wußte der Ariensänger gut Bescheid! Er riet mir allerdings ab. Eine so wertvolle Mühle hätte in Laienhand nichts zu suchen.

Ich dann zu mir: Kann ja mal hinfahren.

Dann: Kann ja morgen hinfahren.

Danach: Fahre morgen hin.

DER MÜHLENKAUF

Mein Moped, die kleine Mühle, lehnte an der großen Mühle, der Mopedfahrer am nächstgelegenen Haus beim Mühlenbesitzer.

Das Benzin-Mühlchen beschnupperte das Mehl-Mühlchen, Mühlen-Erber und Mühlenbewerber beschnupperten sich ebenso.

Der Interessent, ungeübt im Feilschen, tastete sich vorsichtig weiter. Der Erbe gehörte zu jener Art Bauern, die sich ganz dumm stellen können.

Ein Städter will, zufällig vorbeikommend – so ein hier angebrachtes Beispiel –, einen Korb frischer Erdbeeren kaufen, kennt aber die Preise nicht. Seine Frage, was die Beeren kosten sollen, beantwortet der Bauer, die Hände in die Taschen vergrabend und von einem Bein aufs andere wechselnd, in gedehnter Rede: »Ach, ick weeß ooch nich, ick hab' so einzeln noch nich vakooft...« Daran ist kein Wort wahr, aber die Erfahrung lehrt, daß der daraufhin gezahlte Preis über dem offiziellen liegt. In Härtefällen, wenn der Städter unsicher bleibt, folgt die bäuerliche Ergänzung: »Ick gloobe, man zahlt bei Ihn' so unjefähr vier Mark für.« Also zeigt der Städter seine Großzügigkeit und rundet auf fünf Mark auf, weil er den amtlichen Preis von drei Mark fünfzig nicht kennt.

Nun ja, ob Erdbeeren oder Erdöl – Handel ist Handel.

Ich will gern zugeben, wir feilschten um mehr als vier Mark. Seltsamerweise wußte ich nicht, warum ich die Mühle eigentlich erwerben wollte. Darüber dachte ich überhaupt nicht nach. Ebensowenig darüber, woher ich mit der Zeit das Geld nehmen sollte. Muß man eigentlich alles erklären können, was man tut?

Daß Mühlen Mode zu werden versprachen, davon hatte ich gehört. Warum aber gerade ich Modeverächter eine Mühle zu kaufen gedachte, diese Beweggründe aus heutiger Sicht, der Aufschreibezeit, zu rekonstruieren gelingt mir nicht.

Als Vorteil meiner allseitigen Halbbildung, also mangels genauerer Kenntnisse, stellt sich hin und wieder heraus, daß ich mögliche Folgen einer Unternehmung nicht abschätzen kann. Genauere Kenntnisse würden vermutlich oft verhindern, sich auf ein gewagtes Abenteuer einzulassen. Das wäre jammerschade.

Weil dem Chefwanderer ein Stück Wegs gefehlt hatte für sein Erwanderungsarchiv, geriet ich in die Riewendter Gegend und in die Mahlower Mühle. Weil ich an einem anderen Tage zufällig in der LIOS-Kantine saß, hörte ich wieder von der Mühle ... Hätte ich meinen Kaffee zehn Minuten später getrunken ... Der aufgeklärte Leser mißtraut spätestens hier: Sich treiben lassen! Schicksal, Fatalismus und solches Zeug! Hm. Man plant das Kommende mit den Wünschen von heute. Ist die Zukunft dann da und alles ergibt sich wie vorbedacht, so wäre die Überraschung abgeschafft.

Ein Park mit lauter schnurgeraden Wegen.

Jede neue Idee würde die Idee von gestern gefährden.

Kein Geheimnis mehr, keine Unsicherheit, keine Beweglichkeit, keine Aufmerksamkeit, kein Reaktionsvermögen. Kein Mut mehr, kein Reinfall, eigentlich keine Freude mehr, denn dafür braucht man plötzliche Veränderungen, Wendungen in unvorhersehbare Richtungen.

Es bliebe Langeweile. –

Ich beginne zu schwadronieren.

Zurück und damit vorwärts:

Ein bißchen feilschen, ein bißchen zögern, entscheiden ...

GUTACHTEN:
Mahlende
Wohlower
Mühle (MMM)

Termin beim Notar.

Es klappte alles unheimlich schnell.

Schon vor dem Kauf hatte ich mir die Mühle gründlich angesehen. Angeblich gründlich.

Ich fand das Ding sehr romantisch.

Nach dem Kauf schaute ich mir »meine« Mühle wieder an.

Dieses verstaubte Wrack, offenbar schon lange auf Verschleiß gefahren, würde ich nie hinkriegen!

Ich griff mir an den Kopf, wunderte mich über dessen Vorhandensein und erkannte den Kauf als Irrsinn.

Ich konnte unmöglich bei Troste gewesen sein!

Ob eine späte Besinnung auf meine Großmutter mitwirkte, die in einer Windmühle auf die Welt kam, den Sturm liebte und später entsprechend wohnte, das will ich nicht als erklärendes Argument gewaltsam herbeizerren.

Als verhinderter Maschinenbau-Konstrukteur reizte mich das Riesen-Spielzeug. Dies friedliche und nützliche Ungetüm begann zu verfallen. Eingeschlagene Fenster, lose Bretter, lahme Flügel, Getreide noch in allen Maschinen samt Motten und Mäusen.

Als fanatischem Fußgänger und Radfahrer gefiel mir die Landschaft drum herum, die ich seit unserem Ausflug damals gelegentlich vor meiner inneren Kamera abschwenkte.

Ich denke unser Land recht gut zu kennen aus der Perspektive unterschiedlichster Fortbewegungsmittel; ein für die Mark Brandenburg recht gelungenes Fleckchen hatte ich bisher offenbar blind durchquert: den Riewendt zwischen Bobbin und der Kreisstadt Riewendt. Keine geschlossenen Riesenwälder, keine wüstenplatten Riesenäkker, eine wunderschöne Mischung aus Durchblicken, Hügeln, Aussichtspunkten, Seen und Wegen.

In Mahlow kannte ich vorher keinen Menschen; den Mühlenverkäufer lernte ich erst kennen, als ich damals dort anklopfte.

Kontaktschwierigkeiten hatte ich mir zwar bald abgewöhnt, blieb aber trotzdem irgendein Langhaariger aus Berlin – »der Mühlenjimmy«, sagten die Kinder.

Ein Nachbar stellte extra einen gewaltigen Hund in seine Dienste, denn die Mühle sollte, das Gerücht sprach sich herum, eine Kneipe oder ein Krawallschuppen werden mit Nachtbar, Glimmerlampen – eben Moulin rouge, nur viel schlimmer.

All mein Dementieren mißlang.

Ein Jahr verging nach dem Mühlenkauf über meinen Restaurierungsplänen, der Überzeugungstätigkeit in renommierten Handwerkerkreisen, den Genehmigungs-Zeremonien und über der psychologischen Handelsführung mit allen Baumaterial verkaufenden Unternehmen der weiteren Umgebung.

Üblicher Klitschenbauer-Start.

Als ich zum ersten Male in der Kreisstadt Bretter erstehen wollte, prüfte mich der Platzmeister: »Von wo kommst'n?«

»Aus Mahlow.«

Er musterte mich. Ich sah ihm an, wie er die Mahlower Gesichtskartei durchging, ohne auf meine Nase zu treffen.

»Von wo'n da?«

»Von der Mühle.«

»Wat?! Von de Mühle? Abbrenn'!!«

Er wandte sich ernsthafteren Aufgaben zu. Mein Brettergeschäft durfte ich vorerst als gescheitert betrachten.

»So nicht!« sagte ich.

Ich sagte dies nicht sehr laut.

Ich sagte es eigentlich nur zu mir, und dazu mußte ich ja nicht herumbrüllen.

Ich stieg aufs Fahrrad und fuhr nach Mecklenburg.

Dort vermutete ich viele Mühlen. Ich wollte meine aus vielen Hälften bestehende Halbbildung um eine weitere

FOTOERLAUBNIS: 2,–M
ZIEHEN!
MÜHLMAHL
MÜHLBACH
Mühle Wyk
MÜHLWÄRTS
MÜHLBERG
MOTEL
P
T
MÜHLENGOLD
ü. GRUBE 0,10 km
KEKS
MÜHLENRASEN BETRETEN VERBOTEN!
ECHTE MÜHLENSTEINE
MITNEHMEN VERBOTEN

Hälfte vermehren und mich endlich mühlenkundig machen.

Verkaufen konnte ich die Mühle immer noch!

Trotzig trampelte ich auf den Pedalen herum. Mit Hereinbruch meiner Mühleneuphorie fand ich ohne Mühe auch die kleinste Notiz zu diesem Thema in den Zeitungen. Solche Hinweise in eine geographische Reihenfolge bringend, plante ich die ungefähre Reiseroute. Am Wege zum ersten Planziel standen bereits viele Mühlen. Überhaupt standen plötzlich überall Mühlen auch dort, wo ich früher vielleicht schon mal war, aber keine Mühlen wahrgenommen hatte.

Ich hatte den Mühlenblick!

Später sah ich sogar die ehemaligen Mühlen, weil die nur auf jenem oder diesem Hügel gestanden haben konnten.

Aber soweit war es bei dieser Reise noch nicht, ich hatte erst den Mühlenblick für Anfänger.

Die erste Zielmühle zeigte sich als kalte Dusche trotz Sommerhitze. Auf den Fotos hatte sie gut ausgesehen, aber Fotografen kriegen so was immer hin, wenn's sein muß. Wie die vom Film.

Betonparkplatz voller Autos, Betoneisbuden, Betonhundezwinger (nicht für Betonhunde!), hier ein Betonanbau, dort ein Ausbau, hinter der Mühlenkneipe Stapel leerer Kisten, Flaschenbruch, Gemüsereste, vor der Kneipe übervolle Papierkörbe, natürlich aus Beton. Der Kellner schob gerade einen angetrunkenen Gast zur Tür hinaus, wobei die noch draußen stehenden Gäste in spe ohne mimische oder akustische Reaktion einen Schritt zur Seite wichen. Die Flügelattrappen trugen viele bunte Lämpchen. Überhaupt leuchtete alles recht bunt, was nicht Beton war.

Eine Kleinigkeit störte etwas und behinderte weitere Anbauten: die Mühle.

Vielleicht waren schon Mahlower mal hier gewesen

(dieser Mühle fehlte es nicht an Publicity) und sahen vor dem inneren Auge ihre Mühle bereits in ähnlicher Pracht erstrahlen.

Eigentlich wollte ich zu Mittag essen. Aber hier zwischen den dicken Autos mit meinem popeligen Fahrrad, nach etlichen Kilometern verschwitzt und abgekämpft inmitten exquisiten Publikums, das gehörte sich wohl nicht. Ich griff zur Keksreserve und trank einen Eukalyptusbonbon, noch kauend bereits wieder rollend. »So nicht!«

Die nächste Mühle wollte ich noch am selben Tag erreichen trotz heftigen Gegenwinds und zunehmend abnehmend guter Straßen. Der Wind kam mir andererseits recht gelegen, weil dem Vernehmen nach jene Mühle noch mit Windkraft arbeiten sollte. Da käme ich ja gerade richtig! Und außerdem lassen schlechte Straßen auf Mangel an Tourismus schließen.

Gegen Abend, wie üblich, erstarb der Wind.

Wenige Minuten später erreichte ich die Mühle. Gut sah sie aus. Die komplett intakten Flügel standen mucksmäuschenstill.

Keine Kneipe, keine Autos weit und breit. In der Mühle rumorte es. Ich entdeckte den Müller und benutzte als Gruß einen Kompromiß, der Chefwandererparole »Glück zu« nicht ganz trauend: »Guten Abend und Glück zu, Herr Müllermeister.«

»Glück zu«, antwortete er tatsächlich.

Ich beeilte mich: »Ich bin kein Müller, habe aber eine Mühle und will die restaurieren. Da möchte ich mich ein bißchen informieren.« Als Ausweis zog ich Fotos der Mahlower Mühle heraus.

»Das ist Ihre Mühle?« fragte der Meister, langsam den Blick vom Foto zu mir hebend. Danach schaltete er einen letzten Motor ab, der noch vor sich hin geschwirrt hatte. »Und was wollen Sie mit der Mühle machen?«

Diese Frage war eigentlich selbstverständlich. Trotzdem traf sie mich überraschend.

»Erst einmal will ich alles erhalten. Auch neue Flügel will ich bauen.«

»So, so, neue Flügel . . .«

Er schaute wieder aufs Foto, dann lächelte er mich an – oder aus: »Da haben Sie sich aber was vorgenommen!«

O ja, dieser Verdacht verfestigte sich in mir langsam, aber stetig! Ich lenkte ab: »Die Flügel an Ihrer Mühle sollen noch funktionieren, stimmt das?«

»Ja, aber nur bei Wind.«

Ein Witz, den ich später übernahm.

»Vorhin war doch Wind.«

Zweifellos eine ungewöhnlich blöde Bemerkung von mir.

»Jaja, den ganzen Tag über, bis vorhin«, bestätigte er geduldig.

»Schade, ich bin extra bis hierher gestrampelt, um die Mühle bei Wind zu sehen«, warf ich ihm vor.

»Ich glaube nicht, Ihnen da im Moment helfen zu können.«

Nachsichtig grinste er mich an. Sicherlich kannte er meine Reaktion längst von anderen Besuchern.

Eine weiße Schirmmütze hatte er auf, mehr eine Maurermütze, ein kariertes Hemd an unter der guten alten schwarzen Weste, die aber sehr weiß meliert leuchtete. So Ende Vierzig wird er gewesen sein, glatt, pausbäckig, mit einer Zahnlücke, einem Goldzahn, kleiner von Statur als ich, also nicht sehr groß. Die Arme stützte er angewinkelt in der Taille ab, dabei Zeigefinger und Daumen im Gürtel verhakelnd. Die blauen Hosen waren genauso weiß wie die braunen Schuhe.

»Vielleicht klappt's morgen. Sind Sie da noch hier in der Gegend?«

»Ja gut, da komme ich morgen noch einmal.«

Ich verabschiedete mich und tat so, als wüßte ich schon, wohin ich fahren würde. Leider hatte ich keine Ahnung, wo ich übernachten sollte. Es war Hochsommer, also Urlaubssaison, da spähten die Hoteliers nicht ängstlich nach Gästen. Ich erinnerte mich, am Wege einen Park gesehen zu haben. Vielleicht fände ich eine passende Bank. Alle reden vom Übernachten auf Parkbänken, aber wer tut's schon? Der Ostseestrand lag auch leer herum. Eine Nacht am Strand? Nicht übel. Ich fuhr zum Strand. Ein Pferd weidete noch dort. Mit der Dämmerung kam die Kühle. Mir schwante, hier frieren zu müssen, falls ich bliebe. So startete ich doch ins Binnenland. Anstandshalber fragte ich in Gasthöfen und einem kleinen Hotel nach, aber beim Kopfschütteln schauten die Wirte nicht einmal von dem Bierglas auf, das sie gerade unter den Zapfhahn hielten. Bis zum Zielpark fehlten nur noch wenige Kilometer. So blieb ich in der letzten Kneipe recht lange, um nicht zu zeitig im Park die Pärchen aufzuscheuchen. Bis gegen ein Uhr fuhr ich noch in der Gegend umher, dann sondierte ich den Park. Eine passende Bank fand sich. Unbequemer kann man wirklich nicht liegen!

Gegen Morgen kam der Tau, gegen den mich die Regenplane zwar schützte, die aber auch das Kondenswasser von innen nicht herausließ. Der Lohn der Qual war aber wenigstens eine beim Hellwerden sich zeigende Pumpe, sogar mit einem Bottich davor. Da konnte ich mich herrlich komplett waschen, ohne öffentliches Ärgernis zu erregen, weil die Öffentlichkeit noch zu Hause schnarchte.

»Haben Sie schon gefrühstückt?« fragte mich der Müllermeister, als ich kurz vor acht Uhr mein Rad neben der Mühle ins Gras legte. Er sah mir meine allgemeine Bedürftigkeit wohl an. Die guterhaltene Müllerin versorgte mich. Da der Frühstückstisch nicht abgeräumt war, dampfte der Kaffee noch heiß. Ich aß sämtliche Reste auf. So lief alles bestens – außer den Mühlenflügeln allerdings. Kein Lüftchen regte sich. Um es kurz zu machen: Die vielen hundert Kilometer zu Rade durch das recht großzügig angelegte Mecklenburg dienten sicherlich der körperlichen Stählung, aber eine Windmühle mit sich drehenden Flügeln sah ich nirgends. Vielleicht gibt es das gar nicht, dachte ich.

Als nicht rothaariger Mühlenbesitzer schlug ich sowieso aus der Art, da hatte es vermutlich keinen Zweck, Flügel an meine Mühle zu bauen.

Allerdings kannte ich mich nun technisch genauer aus in der Mühlenbranche. Mit einigen Fachausdrücken konnte ich schon aufwarten.

Einige davon verstand ich sogar.

Christine saß dort, wo sie saß, aus Versehen.

Einen Lötkolben in der Hand, beugte sie sich über einen Schwachstrom-Drahtverhau, der zur Verstärkung akustischen Tons diente. Früher nahm man beim Grammophon einfach eine »laute Nadel« – ja, wirklich –, und der Trichter schleuderte eine Lautstärke von sich, die mancher, hörte er es nicht selber, einem rein mechanischen Abtastsystem kaum zutrauen würde.

Bevor sich jedoch zwischen Christine und mir ein Abtastsystem installierte, tasteten wir uns langsam aneinander heran.

Zuerst nicht mal das.

In den Studios sitzen oft Technik und Kunst Tür an Tür. Wollte ich zum Tonmeister, so führte mich der Weg zu ihm durch das Zimmer mit den vielen Drähten, Meßgeräten und Christine.

Dieses Mal war der Tonmeister nicht da. So fragte ich Christine, wo »der da« sein könnte. Es ergab sich, daß der da gleich wiederkommen müßte und ob ich vielleicht warten dürfte.

»Aber ja, bitte setzen Sie sich.«

Christine lötete, ich atmete.

Außerdem schaute ich sie von der Seite an. Irgendwohin mußte ich ja gucken. Sie schaute mal auf und wieder in den Drahtverhau. Psychologen testen gelegentlich, wie lange jemand allgemeines Schweigen aushält. Einen solchen Test würde ich nie bestehen. Also sprach ich: »Und Löten hilft?«

Als Folge stellte sich ein Seufzer ein. Christine, nein, noch nicht, sondern Kollegin Prenzlow, lehnte sich zurück und klärte mich auf.

»Manchmal ja.«

»Und wenn nicht?«

»Dann kommt ein neuer Verstärker 'rein. Aber solange es geht, wird gelötet.«

Ich suchte nach einer neuen Frage.

»Wie nennt sich denn Ihr Beruf?«

»O Gott, da muß ich immer selber überlegen. Wenn ich mich recht entsinne, bin ich ein Spezialarbeiter für drahtgebundene Übertragungstechnik. Hier heißt so was einfach Lötknecht.«

Ich warf originell ein: ». . . magd.«

»Ja, Magd. Lötmagd klingt aber nicht geknechtet genug. Alle andern hier sind Knechte.«

»Und Löten war Ihr Lebensziel, nicht wahr?«

Christine P. legte die Lötpistole zur Seite, lehnte sich zurück, wobei die gefederte Lehne des Drehstuhls quietschte, drehte sich zu mir ein, der ich inzwischen an einem Regal lümmelte, guckte mir mit einem »Was-soll'n-das-nun-wieder«-Blick tief in die Augen, dabei den hübschen Mund (nicht zu wulstig, nicht zu schmal) zusammenpressend, die blonden Locken, die gar nicht in die graugrünblauen Augen fielen, prophylaktisch zurückwerfend, ein jeansbehostes Bein über das andere legend und die Arme verschränkend. Sofort nahm ich fast alles entschuldigend zurück.

»Man wird doch mal fragen dürfen, ob Ihnen Ihr Beruf Spaß macht.«

»Man lernt das, wofür eine Lehrstelle frei ist. Ich habe mich dran gewöhnt. Vor allem, weil ich hier in einer netten Kollegenrunde bin.«

»Sie wollten was ganz anderes werden?«

»Sie fragen mich ganz schön aus! – Was ich werden wollte, weiß ich nicht. Ich komme vom Dorf. Da ist es egal, was man wird, jedenfalls bei uns da hinten, wo die Welt hundert Jahre später untergeht. Es gibt nur Holz- und Metallberufe und den Stall. Film und Video sind

Worte aus einer andern Welt, das ist irgendwie nichts Reelles. Meine Eltern sind mit uns Gören erst in Stadtnähe gezogen, als ich schon in die achte Klasse ging ... Ich erzähle und erzähle – das geht Sie alles gar nichts an!«

Dabei machte sie eine Handbewegung, die ich später oft und gern sah, so ein Von-innen-nach-außen-Drehen der geöffneten Hand bei angewinkeltem Ellenbogen, dabei den Unterarm vom Körper wegbewegend, was zwar keine außergewöhnliche Geste ist, aber so wie Christine kann sie eben nur Christine.

»Und Sie sind Regisseur, nicht wahr?«

Mich teils ein bißchen wichtig windend, um meine Vielseitigkeit unauffällig hervorzukehren, andererseits etwas geziert abwiegelnd, erklärte ich ihr mein diffuses Berufsbild.

Hier, wörtlich, der Schluß meiner Schilderung:

»... wenn Sie sagen, Sie kämen vom Lande, so muß ich sagen: Ich ziehe gerade aufs Land.«

»Hat Sie auch die Bauernhausmode gepackt?«

»Das Wort Landflucht hat eben doppelte Bedeutung.«

»Da wird es Ihnen wohl gehen wie den meisten Städtern. Die kennen das platte Land bloß aus Büchern, Fernsehinterviews von der Ernteschlacht und anderen Märchen. Dann wollen sie eine romantische Bruchbude vor dem Abriß retten und das Leben weitab vom Trubel der Welt genießen.«

Christines Hände fuchtelten, ihre Augen schleuderten Energie. »Dann bauen se zuerst 'ne Kellerbar – rustikal natürlich – und seufzen genauso wie vorher, bloß die Nachbarn erfahren es nicht. Alles was se auf'm Land brauchen zum Leben am Busen der Natur, schleppen se aus der Stadt 'ran, weil's ja auf dem Dorf nischt gibt.«

»Sie« und »se« sagt sie, mich meint sie. Da hatte ich wohl ordentlich danebengehauen. Ich führte Abwehrgefechte.

...BAUERNHAUS... ...RUSTIKALE KELLERBAR... ...GARAGE?... SWIMMING-POOL...
DUNG!
NUR 'NE WIND-MÜHLE...
TB
ACHTUNG!
KULTUR IM EIGENHEIM
OMA-MÖBEL SELBSTGEBAUT
ANTIKHÄNDEL IN PIRNA AUFGEDECKT...

»Ich baue aber keine Kellerbar. Ich gehe außerdem zu Fuß oder fahre Rad und habe und will kein Auto! Meine Philosophie ist ganz einfach: Was es in unserm Dorfkonsum nicht gibt, das brauche ich nicht. So erspare ich mir viel Sorgen, Geld und Lauferei.«

»Wie lange wollen Sie denn das durchhalten?«

Halb belustigt und halb aufgebracht war sie.

Warum sollte ich es verschweigen?

»Um ehrlich zu sein, zur Zeit muß ich sogar mit dem auskommen, was der Dorfkonsum bietet, weil ich baue. Wer baut, verrechnet sich immer; komischerweise nie zu seinen Gunsten.«

»Sie bauen? 'ne Kellerbar wollen Sie nicht, ohne Auto brauchen Sie keine Garage – bleibt bloß ein Swimmingpool.«

Dieser Provokation zeigte ich mich nicht gewachsen: »Oder 'ne Windmühle!«

»Ach, Sie sind der Mensch mit der Windmühle?!«

Den Satz zog sie in die Länge bei leicht nachvollziehbarer Betonung, den Kopf seitlich wegdrehend und mich dabei kritisch musternd.

In einem richtigen Roman hieße es jetzt: Ein Lächeln huschte über ihr Gesicht, in dem ein Zucken der Mundwinkel die Grübchen in den Wangen zur Geltung kommen ließ. Oder so ähnlich.

Das Dumme dabei ist, genauso war's.

Dem Niveau der bis zu diesem Zeitpunkt geführten Konversation half ich ab, als ich den einfältigsten Flirt-Bereich erreichte. »Sie können mich ja mal besuchen.«

Hätten nur noch die Briefmarken gefehlt, mit Windmühlen drauf! Glücklicherweise ignorierte Christine meine Plumpheit.

»Also 'ne Mühlenbar mit flüssigem Korn!«

Langsam machte mich ärgerlich, daß eine Mühle ohne Kneipe offenbar nur schwer vorstellbar war.

»Eigentlich wollte ich Sie in meine Mühle einladen und nicht zum Suff.«

Nur Mut, Mühlenbesitzer: ». . . machen Sie mir nun die fürchterliche Freude oder lieber nicht?«

»Bevor ich mich schlagen lasse . . .«

Auf den Mund gefallen war sie nicht. Das reizte mich zusätzlich. Aber wie in jedem dahergelaufenen blöden Film wurde meine Minne vom unvermeidlichen Dritten unterbrochen.

Der Herr Tonmeister, ein in diesem Moment völlig überflüssiger Mensch, folgte einem Haufen Tonbänder, der vor dem Herrn polternd ins Zimmer fiel. Bepackt mit Tasche und diesem Stapel Tonbandkartons beidhändig ausgelastet, gelang zwar sein Versuch, die Klinke mit dem Ellenbogen zu drücken, aber eben mit deutlich hörbarem Erfolg. Nun kauerte er in der Türöffnung und las alles wieder auf.

So erscheinen eigentlich prominente Mimen in volkstümlichen Schwänken, wofür Applaus gezollt wird.

Wir, Christine und ich, nahmen das momentane Problem des prominenten Tonmeisters gelassen zur Kenntnis. Der leicht belustigte Blickaustausch zwischen Kollegin Prenzlow und dem Windmühlenkünstler verhakelte sich, veränderte sich in physikalisch-optisch nicht wahrnehmbarer Weise, blieb für eine Sekunde zwar unbeweglich, jedoch intensiv bestehen. Bei meinem nächsten Besuch würde ich schon einen tonmeisterlichen Vorwand finden. Für den Augenblick war die Gelegenheit vorbei, eine privatere Begegnung vorzubereiten. Die Folgen des tonmeisterlichen Türfalls wirkten wie das Anschalten von Neonlicht, wo gerade Kerzen brannten.

So kramte ich die neuesten Musikwünsche hervor für eine Notarbeit, die mir übertragen worden war.

Das Tonmeisterkabuff verlassend, kratzte ich allen Mut zusammen: »Sind Sie am nächsten Wochenende schon voll ausgelastet?«

Unsicher, ob ich Fräulein oder Kollegin Prenzlow sagen sollte oder gar Christine und Sie, ließ ich jede Anrede weg.

»Schade, da schlachtet mein Onkel.«

Also abgeblitzt.

Der Landonkel schmiß seine frische Blutwurst zwischen uns.

»Na dann, guten Appetit!« wünschte ich und entwich.

Auf der Treppe stoppte ich plötzlich so kurz, daß mich das Trägheitsgesetz in den Rücken stieß.

Was hatte Christine gesagt?

Ja: »Schade.«

Schade hat sie gesagt!

Also mußte ich am Montag wieder hin, um zu erfahren, wie das Schlachtefest ausgegangen war. Ich, der würdige Midlife-Knacker, fühlte mich trotzdem (oder schon wieder) richtig einfach glücklich, lustig, zum Hopsen aufgelegt.

Und was erzähle ich hier?

Statt wollüstiger Schilderung morbider Laszivität eine stupsnasige Kindergeschichte!

Beim Film heißt so was P 6!

Enttäuschend, nicht wahr?

Dies also als Warnung an Lüsterne, ein Vorgriff in jene zurückliegende Zeit, als deren Ende man den Augenblick des Wurfs von zwei Schneebällen gegen meinen wackligen Mühlenschuppen aus der Hand einer jungen blonden Frau im roten Mantel mit Pelzbesatz benennen kann: die christinelose Mühlenepoche.

DER SCHUPPEN UND DIE FLOTTE LOTTE

Die Sonne bemühte sich redlich, ihren Weckversuchen zum Erfolg zu verhelfen, aber das Schuppenfenster war nur klein.

Wie immer, wenn ich an der Mühle weilte und draußen Schnee lag: 'raus aus dem Kabäuschen innerhalb des Schuppens, in den Vorraum, in die windige »Küche«. Durch mein lautes Ächzen beim heftigen Waschen erwärmte sich das eiskalte Winterwasser. Der Hauptwaschgang setzte voraus, das in der Nacht gewachsene Eis als harte Scheibe aus dem Waschbecken herauszuheben, indem ich die Platte auf einer Seite hinunterdrückte. Dadurch hob sie sich gegenüber, ich konnte den Rand fassen und die Scheibe zur Tür hinauswerfen.

Eine mitgekaufte kleine und verrostete Motorpumpe lieferte dieses Wasser. Weil Motor- und Pumpenwelle nicht genau aufeinandersaßen, lief das Ding recht unrund; weil auch die Gummikupplung den Ausgleich nicht schaffte, ratterte die Pumpe wie ein Preßlufthammer und hopste heftig. Einen Druckkessel gab's nicht. Schaltete ich die Pumpe ab, schlürfte der Brunnen das Wasser im Rohr wieder in sich hinein, weil ein Rückschlagventil fehlte. Als Wasserturm diente eine alte Gas-Waschmaschine vom Typ »Lavi-Express«, deren Hauptbestandteil ein verzinkter Hundertliterkübel über einem Gasbrenner war. Meine Mutter kochte ehedem darin meine Windeln. Am Rande des Kesselbodens befand sich in Eimerhöhe ein Ablaßhahn.

Allerdings versagte dieser Komfort im Winter, weil das Wasser sich, wie schon treffend bemerkt, verfestigte. Der

»Express« paßte auch nicht in das zwei mal drei Meter große Stübchen, wo das Wasser mit Hilfe des Ofenfeuers hätte flüssig gehalten werden können. So pumpte ich eimerweise. Zwei Eimer brachte ich in der Kammer unter. Dazu füllte ich das Waschbecken im Vorraum reichlich, den Eisdeckel einplanend. In einer Nacht gefror fast nie das ganze Wasser. So kam ich meistens einen Tag lang mit dem Vorrat aus. Das fehlende Rückschlagventil im Pumpenrohr erwies sich zudem als Vorteil, Rohr und Pumpe konnten nicht einfrieren.

Den Küchentisch gab eine breite Holzplatte her, ähnlich einer alten Tür, nur schmaler, die Rückwand einer defekten Mühlenmaschine. Der Kleiderschrank, so ein schmales doppeltüriges Spind, wovon Tausende in Werks-Umkleidekabinen stehen (nur meins hatte schon zwei Jahre im Freien gelegen), verhinderte mit seiner Rückwand das Abrutschen der Brikethalde in die Küche.

Der übrige Schuppenraum verlor sich im Dunkel. Dort lagen Baumaterialien, standen Fahrrad und Moped. Ich versuchte mit Stützen aus zusammengenagelten Brettern den Einsturz des viel zu schweren Biberschwanzdaches hinauszuzögern. Der um den Schuppen wuchernde Wein hielt vielleicht alles zusammen wie der Draht das zerschlagene Drahtglas. Stickige Luft verhinderte die gut funktionierende Ventilation dank daumenbreiter Ritzen in der Verbretterung (insofern glichen sich Schuppen und Mühle). Im Winter verstopfte Schnee zeitweilig die Fugen.

Wer den Schuppen betrat, ahnte wenig von seinem Zustand, fand ihn sicher sehr gemütlich, weil ein Stück Rupfen, gespannt vom Spind zu einem Nagel an der Außenwand, nur den Vorraum für den Blick freigab, eben die sogenannte Küche.

Zum Schuppen gehörte ein WC. Das Wasser stand nur bei Regen zur Verfügung, da troff es mangels Dachs über den ganzen WC-Benutzer. Der freie Blick gestattete mir andererseits Himmelsbeobachtungen, besonders zur Dämmerstunde. Die vor mir alleinigen Bewohner der Mühle, Schleiereulen, schauten sich zudem gern ihren Neuzugang in wehrloser Position an.

Ein heftiger Sturm verhalf mir schließlich doch zu einem Dach. Ein Stück der alten Flügel kam geflogen. Beschwert mit einigen Steinen, hielt dieses Stück Blech größte Unbill bei Graupel und Schnee ab.

Heute war Sonnabend.

Der Tauchsieder zischelte im Blechnapf. Tee aufgießen. Im Restwasser Fünfminuteneier kochen. Zwei noch gut erhaltene Schrippen vom Vortage wendete ich auf der Ofenplatte. Frühstück.

An der Tür klapperte es.

Ich schob den Holzriegel der Schuppentür auf.

Vater Enderlein.

Ziemlich groß, grau, gewiß einmal in jugendlichen Jahren recht kräftig, Arbeiter in vielen Branchen, so überall ein bißchen, das reicht zu Hause für alles, nicht gerade temperamentgeladen, keine Führernatur. Letztere Position besetzte in der Familie eindeutig untertänigst seine Frau. Weil Vater Enderlein aber nur als Vorwand dient zur Einführung seiner Frau in diese Geschichte, er deshalb vermutlich kaum nochmals oder gar gravierend auftauchen und eingreifen wird, soll diese oberflächliche Beschreibung genügen.

Jedenfalls erschien er, vornehm in Mantel und Haarwasserduft gehüllt. Kam bloß mal gucken. Vom Friseur. Seine Frau wollte ihn per Auto abholen, aber zum Verwarten war ihm der schöne Morgen zu schade, die Sonne wärmte . . . es dauerte ihm zu lange, da war er schon losgegangen.

Mein kleiner eiserner Ofen, früher stand er in der Mühle im Müllerstübchen, verbreitete wohlige Wärme in der Kammer. Mein Gast zierte sich kurz, gegen Tee fand er schließlich keine Einwände. Ohne große Einleitung mußte ein Thema schnell heraus: Ruth, die jüngste Enderlein, die wo jetzt verheiratet drei Dörfer weiter wohne, noch bei den Schwiegereltern, also sie und ihr Mann hätten ein Haus gekauft, natürlich mit viel Hudelei. Das Wohnungsproblem im Lande wäre vielleicht längst gelöst, wenn man die Wohnraumlenkerei abschaffen würde, was die Leute zwänge, sich hier und da und dort alles mögliche abzusichern, mehr, als sie brauchten, bloß, damit sie aus keiner wichtigen Liste gestrichen würden. Der Taxator eventuell Dreck am Stecken, der vormalige Besitzer starb im falschen Moment, die Bude halbfertig . . .

Irgendwie paßte mir das Thema nicht zum Wetter. Wie ablenken? Und manchmal klappt's eben – die äußere Schuppentür rumpelte erneut. Frau Enderlein. Klein, kräftig, »untersetzt« wäre wohl das richtige Wort, graugelockt, mit kräftiger Nase, in sehr gerader Haltung, trotz ihrer Endfünfzig tränensacklose große Augen, wendig.

Ihren Beinamen »flotte Lotte« erkläre ich später.

»Da fahre ich extra, will dich holen, und du sitzt hier! Das kannste doch gleich sagen!«

Richtig böse sagt sie das. Das rote Wägelchen murrt draußen in der Sonne vor sich hin.

Der eiserne Ofen bullert laut.

Sie will mit wütendem Schwung wieder durch die Drei-Mark-Decke verschwinden, die vor der Tür hängt. Beim Anheben der Decke und dem Öffnen der Tür wallt ein Schwall kalter Luft herein.

Sie kehrt um.

»Ach, hier ist es so schön warm und gemütlich, da bleibe ich noch ein bißchen – wenn ich nun schon mal hier bin.«

Sie geht dann doch kurz 'raus, den Motor abzustellen, dessen Laufenlassen Zeitnot vortäuschen sollte. Dann rutschen die beiden auf der Bank zusammen, und ich lange eine weitere Tasse herüber.

Ein paar Mühlenbilder zeige ich herum, die liegen gerade statt des Kamms neben der Butter. Das Tausendste löst das Hundertste ab. Nach einer Weile: »Da rege ich mich erst auf, und nun sitzen wir beide immer noch hier.«

Niemand war von niemandem extra eingeladen worden. Vater Enderlein kam eben, weil er gerade vorbeikam. Mutter Enderlein kam, weil sie ihren Mann suchte. Ihre erste Wut bestand vermutlich darin, daß ihm ihre Absicht, in meinen Schuppen zu blicken, vor ihr gelang. Die beiden gingen einträchtig. Die beiden.

Der ruhige, unter dem Kommando der flotten Lotte stehende und sich wichtiger Entscheidungen so glücklicherweise enthoben sehende Vater Enderlein und die unter dem Kommando ihrer fast neunzigjährigen Mutter stehende flotte Lotte.

Allerdings, in verschiedenen Angelegenheiten, besonders solchen außer Haus, hatte sich Lotte längst emanzipiert.

Ihren Spitznamen teilte sie mit einem praktischen Küchengerät. Lotte kochte viel und gut und machte überhaupt alles andere als einen ungeschickten Eindruck.

Zur Geschicklichkeit der flotten Köchin gehörte nebenher, ihre Mutter glauben zu lassen, jene halte alle Fäden in der Hand. So was kann man in sechzig Jahren üben. Insofern relativierte sich die Rangstruktur.

Die flotte Lotte baute jetzt ein Haus, richtig so vom Fundament an aufwärts. Für sich und ihren Mann; die Kinder waren alle längst 'raus und bewohnten andere, selbstverständlich von Lotte beschaffte Häuser. Das bisherige Grundstück, einen richtigen Hof mit Scheune und Stallungen, hatte Lotte verkauft und sich bereits seit zehn Jahren um eine Parzelle am anderen Ende des Ortes bemüht.

Sie fuhr, so klein sie war, schon immer ein großes Auto. Den Führerschein erwarb sie, als dieser gerade erfunden wurde. Alle Tankwarte, die sie nicht kannten, stutzten, wenn Lotte entweder im bäuerlichen Rentnerlook oder

FRANZ JÄGER
FLOTTE LOTTE
ORG.
RUCK-ZUCK

mit frischer Frisur und Ohrschmuck dem Auto vom Fahrersitz aus entstieg.

Stand irgendwo eine Schlange, an deren vorderem Ende Fliesen oder Steine verkauft wurden, und Lotte kam an die Reihe, so wühlte sie, Papiere oder Geld suchend, in ihren unergründlichen, nicht immer nagelneuen Einkaufstaschen und ging dann davon, als stünde draußen das Fahrrad oder höchstens ein Leiterwagen bereit, klapperte schließlich mit den Schlüsseln und startete forsch das blankeste Auto vom Parkplatz. Die Schlange guckte aus großen Augen.

Wer der flotten Lotte ein X für ein U vormachen wollte, mußte sehr zeitig aufstehen.

Über Sägeblätter, Senkschrauben, Stiefmütterchen, Schweinefutter, Trapse, Geburten, Hochzeiten, Vergaser, Zement, Dachbinder und die Tonnage verschiedener Lastautos konnte man sich vollinhaltlich mit ihr verständigen.

Man traf sie im Spargel, das Fahrrad lehnte am Baum, denn sie mußte danach schnell noch zum Architekten.

Als ich Bretter suchte, hatte sie welche in Bobbin gesehen.

Ich nach Bobbin. Die Handelsgenossenschaft wollte mir die Bretter, allerdings samt Bruch, gerne verkaufen, aber sie durfte nicht, weil Kunden aus einem andern Kreis keine Kunden sein dürfen. Schon schien die Sache erledigt.

Hier setzte nun Lottes Management ein, dem nichts und niemand gewachsen war. Sie wollte sowieso mit ein paar Eimern im Kofferraum nach Bobbin zur Hundefutter-Zentrale fahren. Ich also mit.

Die Kolleginnen der Handelsgenossenschaft kannten natürlich Lottes Gesicht, obwohl dieses einem andern Kreis angehörte. Zuerst fand sich die Adresse eines alten Sportfreundes von Lottes Mann im Bobbiner Kreis, auf dessen Namen eine Rechnung möglich erschien.

Fahrzeug?

Ist mitzubringen.

Ein Fünftonner mußte da schon 'ran, weniger der Last als der Holzlängen wegen. Also auf zum Sportsfreund nach Klützkow, damit der wenigstens erführe, was er da kaufte. Unterwegs hielten wir an, weil ein Geschäft mit Hühnern oder deren Nebenprodukten der Regelung bedurfte. Dem Sportsfreund war es dann schnuppe, was wir in seinem Namen kauften, aber einen Ellkaweh konnte er nicht besorgen. Lotte grübelte, unterwegs fielen ihr bei mehreren Häusern mehrere Namen ein. Anzuhalten verlohnte sich jedoch offenbar nicht. Bei der Rückkehr mit Hundefutter in Richtung Mahlow zuckelte sie vor sich hin, aus Sorge, der nächste Einfall, ein Auto betreffend, käme ihr erst nach der Abbiegemöglichkeit.

Im letzten Dorf vor Mahlow bremste sie unvermittelt – also hier. Der, wo den Fünftonner fuhr, war noch unterwegs, also warteten wir. Durchgehechelt wurden bei Kaffee und Wurststullen alle gemeinsamen Bekannten von Lotte und der Kraftfahrermutter, von der ich nicht wußte, ob Verwandtschaft oder gemeinsamer Konfirmationsunterricht Grund ihrer Bekanntschaft mit Lotte war.

Endlich kam er.

Erst: Schwer. Dann: Kaum. Dann: Na ja, wann denn?

Lotte organisierte den Transport, regelte die Kosten; ihr Talent gönnte ich dem staatlichen Handel!

Wir fuhren im Dunkeln zurück nach Mahlow.

Ein Problem harrte leider noch der Lösung: Der Fahrer konnte erst nach viere, der Kran am Lagerplatz macht um viere Feierabend. Wer sollte auf- und abladen?

Lotte fiel ein: »Ich habe doch gerade die Maurer und Rohrleger im Genossenschaftsstall.«

Maurer und Rohrleger als Transportarbeiter!

Einige kleine Starallüren – aber wer widerstand Lotte!

Am Hauptkampftag lud Lotte ihr Auto voller Maurer, Rohrleger und Mühlenbesitzer, vor dem Tor der Handelsgenossenschaft in Bobbin wartete der Fünftonner.

Der Rest war Routine.

Ohne Handel und Wandel konnte Lotte nicht leben.

Manchmal ging sie auch zu weit. Dann wollte sie etwas mit Gewalt, List und Tücke sofort erzwingen, das keiner Eile bedurfte und das sie später hätte ohne Aufwand erlangen können ...

Früh um dreie radelte sie in den Stall, genauer: ins Rinderkombinat. Halb acht kümmerte sie sich um Spargel, Stiefmütterchen, das Mastschwein wegen der Jugendweihe des Enkels. Inzwischen kam die Einkaufszeit, zu Mittag wollte gekocht sein. Wenn abends im Gasthof ein »richtiges« Vergnügen stattfand, kein Tschiepchen-Ball (sprich: keine Disko, kein Kückentreffen), dann fehlte Lotte genausowenig wie andere Mahlowerinnen sämtlicher Altersklassen. Sie kamen weniger zum Tanzen (ihre Männer sahen lieber »fern«), sie kamen mehr, um zu sehen, wer mit wem.

Lotte und ihresgleichen rangen keineswegs um ihre materielle Existenz, obgleich das Spargel- und Mastschweingeld nicht verfaulte. Aber ein Tag ohne Arbeit? Unvorstellbar.

Dann wären die Frauen mit Kopftüchern am Ende. Ich grüßte damals sicherheitshalber alle und jede, weil sie mit den Tüchern einander sehr ähnelten.

Heute kenne ich sie etwas besser und kann sie schon unterscheiden, grüße also erst recht alle.

Jedenfalls: Holz war da.

Der doppelte Dreheffekt

Mahlow besitzt keine Kirche, die Mühle überragt als einziges Gebäude die geduckten Häuser. Der Müller, Fritz Müller beziehungsweise Müller-Fritze, führte mit seinem Betrieb – nach dem totalen Ende der einzige stromsperrenunabhängige Betrieb im weiten Umkreis – den Befehl aus, vielen zu helfen, brauchte aber dazu eigentlich nie einen Befehl.

Alle im Dorf kannten die größte Sorge des Müllers, nämlich was wohl nach seinem Tode aus der Mühle werden würde. Bis zu seinem jüngsten Tage stiefelte er darin auf und ab. Alle kleinen Kinder kennen ihn noch, ich kannte ihn nur dank Chefwanderers Mühlen-Anfall.

Zuletzt fiel ihm die steile Stiege ziemlich schwer, er fütterte aber wenigstens täglich den letzten Bewacher der Mühle, einen zappligen Spitz.

Auf dem Friedhof legte sich Fritz neben seiner Paula so zurecht, daß er die Mühle immer im Auge behalten konnte.

Für die Mahlower blieb die ganze Mühlen-Affäre insofern weiter verdächtig, als man den Mühlenjimmy nur auf einem uralten Moped, per Rad oder zu Fuß sah und sogar mitten in der Woche am hellichten Tage.

Beim Bürgermeister und beim Vorsitzenden hatte ich mich kurz vorgestellt. Höflichkeitsbesuche.

Nach und nach blieb ich oft schon im gemütlichen Gasthof hängen, wo man nicht erst selber zu heizen brauchte. Beim Tanz blieben mir vorerst nur jene, die sonst keiner holte. Gespräch kam zu Gespräch. Ein paar Leute kannte ich bereits, mich kannten ein paar Leute mehr. Manche wußten viel mehr von mir als ich selber.

Beim Zaunvermessen gesellte sich der Feldbaubrigadier mit seiner Landkarte zu den näher Bekannten. Vom übernächsten Nachbarn borgte ich mir eine Leiter. Die Funktionstüchtigkeit des motorgetriebenen Schrotganges, also eines Mühlsteinpaares, führte zu gelegentlicher Kundschaft. Opa Osse (von dem noch zu lesen sein wird) kam mit zwei Säcken Futterroggen auf dem Handwagen und dem Gruß: »Die Frau schickt mich.«

Andere Mahlower fanden andere Vorwände, den Mühlenjimmy zu beschnuppern. Die Kinder waren schon früher nach der Schule erst mal zur Mühle gegangen. Der alte Müller hatte sie mit dem Sack-Aufzug immer 'rauf und 'runter gezogen. Manchmal gab's auch was zu verdienen. Fehlte der Wind, erhielten die Kinder einen Groschen für das Hochziehen von je drei Sack. Säcke hochziehen fiel vorerst aus. Kinder 'rauf und 'runter ziehen blieb. Diese Tradition setzte ich fort.

Die Kinder erzählten zu Hause vom Mühlenjimmy, den Eltern gab das ein Ziel für den Spaziergang am Sonntagnachmittag – sofern Landbewohner so was tun. So kam Tropfen zu Tropfen, den Mühlstein an meinem Halse zu höhlen, ohne Plan, ohne Absicht.

Öffnete ich die Tür zur Gaststätte, reichte mein Mut schon für einen allgemein hörbaren Gruß, den die meisten erwiderten.

»Und noch einen Schnaps für den Müllermeister!«

Aha, ich war befördert worden!

Später gab ich meine erste Runde aus. Nach etwas Übung galt ich sogar als halbwegs trinkfest (o verdammt!). Auf dem Dorfe geht das Miteinander-Bekanntwerden unabänderlich mit einigen Lagen Schnaps und Bier einher.

Trotzdem, vom Mühlenkauf versuchte ich mich auch durch Abstinenz finanziell zu erholen, um dann im Jahr darauf, »wenn die Sonne wieder höher kommt«, das Geld um so gründlicher zum Mühlenfenster hinauswerfen zu können.

Ich stieß auf Mahlower in der Gaststätte, bei deren Mühlenstippvisiten und in ihren eigenen vier Wänden.

»Der Müllameesta is da!«

Oha!

Ich war Mahlower geworden, mit keinem verwandt, keinem verfeindet, keinem befreundet, noch nicht kompromittiert. Was da an Neuigkeiten aus einer mir bisher fernen Welt auf mich einstürmte, fesselte mich mehr als jeder singende Komiker mit Hut. Klatsch war natürlich auch dabei.

Allerdings verwandelte sich die Fesselung in Form von Neugier langsam, aber sicher in Fesselung in Form von eigener Verstrickung. »Auf'm Mahlower Berg« stand ein Pflege- und Altersheim; die nahe Gaststätte war für viele das Hauptausflugsziel. Das Mühlenfahrrad erfreute sich solcher Bekanntheit, daß es, von einem zeitweiligen Tiefbauer, also Nichtmahlower, geklaut und im Suff liegengelassen, von den Alten erkannt und signalisiert wurde, als sie das gute Stück verbeult vor ihrer Station fanden.

»Uff Arbeet«, also in meinem vornehmen Kunstinstitut, dem anzugehören eine Ehre sei, wie uns immer wieder beiläufig wissen gelassen wurde, kam ich mir inzwischen etwas komisch vor. Ich selber bewegte mich dort vermutlich genauso komisch wie die anderen, hielt bis dahin meine Kunst, meinen »künstlerischen Auftrag«, wenn dieser derzeit auch recht bescheiden ausfiel, für den Nabel der Welt.

Seltsam: Diesen Filmemacherberuf hatte ich ja nicht ergriffen, weil er mir besonders zuwider war. Zuweilen ertappte ich mich dabei, daß er mir immer noch Spaß bereitete, und ein bißchen Scheinwelt gehört nun mal zur Branche.

Insofern stellte die Welt um die Mühle herum das genaue Gegenteil meiner Berufswelt dar. Eine sehr kleine

Welt, ein Territorium von rein regionaler, ach, was sag' ich: lokaler Bedeutung. Aber ich war sehr zufrieden, mit dieser Welt bekannt geworden zu sein. Hier galt kein Ausweis und kein Orden.

Aus einem Garten grüßte ein Kopftuch. Hockte ich mit dem Farbtopf auf dem Mühlendach, schwenkten welche vom Feld her auf ihrem Trecker die Mützen: »Tach, Müllameesta, fall ma' nicht 'runta!«

In der Frühstückspause oder wenn die Vollernte-Maschinen aus anderen Gründen mal nicht voll ernteten, saßen wir auf der Mühlenrampe und quackelten.

Wie dieses Mahlower Abenteuer weitergehen würde, konnte niemand vorhersagen, ich schon überhaupt nicht. Bei aller Betriebsamkeit bemerkte ich in mir das Platzgreifen einer gewissen Ruhe – die Folge neuer Wertigkeiten und Rangordnungen für das Wichtige und das angeblich Wichtige.

Ein wenig Angst leugne ich nicht, ob diese für mich so glückliche Entwicklung der Müllerei durch unvorhersehbare Einflüsse, einschließlich eigener neuer Dummheiten, Schaden erleiden könnte. Zu solchen Schäden zählten freilich nicht die äußerst schadhaften Windmühlenflügel. Diese waren eine Aufgabe.

Beim Herumklettern auf dieser Aufgabe stellte ich die Sinnlosigkeit jeder Reparatur fest.

Ein Neubau mußte versucht werden.

Niemand von den in Mahlow lebenden Leuten hatte so etwas je gemacht. Der frühere Schmied pflegte ehedem gelegentlich die Flügel, lag aber indessen längst neben dem Müller-Fritze.

Der Schmied-Sohn schweißte zwar die ganze Welt zusammen, aber auch Windmühlenflügel? (Eine Holzkonstruktion erwies sich nämlich aus diesen und jenen Gründen als nicht ausführbar.)

Der Ungelernte aus der Großstadt mühte sich mit ängstlicher Vorsicht, um Ablehnungsargumente zu vermeiden, arrivierten Zimmerleuten, die schon ganze Kirchtürme zurechtgerückt hatten, und dem Schmied-Sohn mit seinem unendlichen Schweißdraht zu erklären, wie Windmühlenflügel zu bauen wären.

Die Skepsis meiner höflichen Zuhörer war nicht zu übersehen.

Außer Zimmerern und dem Schmied mußten noch andere Leute mit handgreiflichen Berufen einbezogen werden. Die Fotokopie eines alten Windmühlen-Baubuches ging in der Runde herum. Wir beschlossen, uns erst einmal wenigstens eine der Mühlen anzusehen, an denen sich noch Flügel drehen sollten. Ein Auto voller Amateurmühlenbauer sauste zu der mir schon bekannten Mühle mit intakten Flügeln. Keine Frage: Windstille.

Aber die Dimensionen überhaupt kennenzulernen, die kleinen Tricks, soweit diese in einigen Minuten erklärbar waren, das half schon, schreckte zumindest nicht ab, denn auf der Rückfahrt besprachen wir bereits Einzelheiten, von der Selbstverständlichkeit ausgehend, daß Flügel für meine Mühle gebaut werden würden. Nicht gleich und auf der Stelle, aber im folgenden Jahr. Vorher mußte noch allerlei anderes getan werden. Das Dach hatte ich repariert, soweit wie nötig, aber die verbretterten Seitenwände wiesen deutliche Lücken auf. Knipste man bei Dunkelheit innen das Licht an, so wirkte die Mühle von außen wie ein ausgeleuchtetes Gerippe. Solch gute Durchlüftung schützt zwar gegen Mehlstaubexplosionen, bedeutet aber auch Rheuma-Garantie. Mangels Decklatten hatte man die Spalten zwischen den nicht gespundeten, nur schräg geschnittenen Brettern mit Dachpappstreifen übernagelt. Die Streifen waren längst vom Winde verweht, die Nagelköpfe hielten nur noch sich selber. So mußten nach Aufstellen der Rüstung zuerst mit mühevoller Pedanterie die Nägel herausgezogen werden, weil sie das Aufbringen von Deckleisten behinderten und bei bloßem Plattklopfen später häßliche Rostflecken geben würden.

Der Polier namens »Sigge« (wie alle Beteiligten) prägte die pessimistische Losung: »Wenn das so weitergeht, schneien wir hier ein.«

Nach dem zweiten Wochenende war zwar schon etwas zu sehen von der Plackerei, aber Sigge sagte vorsichtshalber sämtliche anderen noch für dieses Jahr geplanten Feierabend-Vorhaben ab. Zwischendurch, mein eigenartiges Arbeitsverhältnis ließ das ja zu, wurschtelte ich alleine weiter.

So ging es mit der Mühle doch endlich voran. Das lenkte ab von meiner etwas deprimierenden Berufsperspektive. Im Beruf sah ich kein Ziel und wußte trotzdem nicht recht, warum ich so intensiv an der Mühle baute.

Es soll ja vorkommen, daß man erst einmal überhaupt etwas tut, egal was, nur um zu verdrängen, daß man eigentlich nichts zu tun hat. Den vielen Sigges (Siegfried, Sieghardt, Siegmund, Paule Siegert) versuchte ich meine Situation zu erklären. Offenbar mit wenig Erfolg, denn ihnen schien klar zu sein, daß Künstlers viel Geld verdienen, ohne etwas Handfestes dafür zu tun. Das war ja gerade die Kunst! Meine viele Freizeit diente dafür als selbstverständliche Bestätigung. Meine Autolosigkeit erregte ebenfalls keinerlei Verdacht. Künstler haben eben Marotten! Sonst wären es keine Künstler! Auch klar.

Der Bau ging zügig, aber für die Handwerker ohne eine andere als pekuniäre Bedeutung vorwärts. Ich zahlte die Stunden, der Rest interessierte niemanden.

Am vierten Wochenende endlich fiel zum ersten Mal die Rüstung – die erste Mühlenwand strahlte wie neu. Sie strahlte wegen des miesen Wetters nur für uns, kein Mensch sonst zeigte sich.

Der Anblick dieser völlig neuen Mühle am späten Sonnabendnachmittag, infolge der Einseitigkeit der frischen Fassade mit potemkinschem Einschlag, beschleunigte am nächsten Morgen den Aufbau des dreizehn Meter hohen Gerüsts an der anderen Mühlenwand ungeheuer. Gegen Mittag stand alles, sogar der Regen hörte auf. Urlauber und Mahlower schlüpften aus ihren Lauben und Häusern.

Ein Sturm brach los.

Kein Witz: Urlauber liefen eiligst zur Mühle, umkreisten sie offenen Mundes und trauten ihren Sinnen nicht.

Auf der Straße bremsten Autos so scharf, daß sie schleuderten. Die Türen wurden aufgerissen, Leute stürzten heraus, als ticke im Kofferraum eine Bombe.

Im Gasthof gestikulierten Mahlower wild herum und erklärten sich gegenseitig die unglaublichsten Möglichkeiten dafür, was geschehen war.

Was war denn geschehen?

Dazu muß ich etwas ausholen. Wäre die Rede von einem Auto oder einer alten Lokomotive, so brauchte ich nicht viel zu erklären. Jeder weiß, was ein Rückwärtsgang, ein Wendekreis oder ein Getriebe ist. Für Windmühlen aber will ich hier eine möglichst kurzgefaßte Gebrauchsanleitung geben, damit die Sache ein für allemal klar ist und wir auf solche Lappalien nicht mehr zurückkommen müssen: Windmühlen sind insgesamt drehbar oder aber wenigstens ihr Dach mit den Flügeln dran. Die Flügel müssen gegen den Wind gerichtet sein, der Wind aber weht leider nicht immer aus derselben Richtung – deshalb.

Das mit dem drehbaren Dach trifft für Mühlen zu, die rund aussehen; eckige, meist rechteckige Mühlen dreht man im Ganzen. Entweder ragt dafür aus der Mühle eine lange Stange heraus, der Sterz (woran jeder gleich sieht, wo bei der Mühle hinten ist), oder auf dem Dach dreht sich ein kleines Windrad so ganz extra vor sich hin, das über eine Kettenmechanik die Mühle immer auf Kurs hält – eine Art Ruder.

Die Mühlen mit den langen Stangen stehen immer auf einem stabilen Holzgestell, dem Bock. Also heißen sie Bockmühlen.

UNMÜHLGLICH!
HICK
MÜHL RUCK!
PSSST.!
HEXERO

Am Sterz befindet sich eine Winde, mit der sich die Mühle drehen läßt.

Ende der historischen Polytechnik.

Meine Mühle stand seit zwanzig Jahren still. Die Flügel hatten sich seither nicht mehr bewegt. Müller Müller benutzte zuletzt nur den zusätzlich eingebauten Elektromotor.

Da Regen meist mit Westwind kommt, wollten wir auf der Ostseite der Mühle arbeiten. Das ließ sich bewerkstelligen, indem wir nach Fertigstellung einer Wand die Rüstung abbauten, die ganze Mühle drehten und dann die Rüstung wieder aufbauten.

Östlich der Mühle dehnen sich Felder, die Straße geht westlich vorbei. Bei unserer Bauerei schaute uns also kaum jemand zu, das Gerüst sah man von der Straße aus nicht.

An jenem Sonnabendnachmittag drehten wir nach dem Gerüst-Abbau die Mühle so, daß die Flügel nun statt nach Westen nach Osten zeigten. Von einem Tag zum andern stand am selben Ort nicht nur eine völlig neue Mühle, sondern diese außerdem in entgegengesetzter Richtung. Das war zuviel auf einmal.

Der Schock wirkte bei denen am verheerendsten, die von der Drehbarkeit der Mühle nichts ahnten. In der Gaststätte fand man bereits nach wenigen Schnäpsen heraus, daß wir die Rüstung im Ganzen heruntergeklappt hätten, denn so schnell könne man ein Gerüst dieser Höhe nicht ab- und wieder aufbauen. Andere erklärten, nach dem Prinzip Vier-Mann-Vier-Ecken wäre die Mühle abgehoben, herumgedreht und wieder hingestellt worden.

In Wahrheit schunden wir uns bei der Kurbelei am Tag zuvor derart, daß wir allesamt kreuzlahm wurden und uns nur unterschieden im Grad, dies zuzugeben.

Danach hatten die drei Holz-Sigges, Siegfried, Sieghardt und Siegmund, ihr Werkzeug eingepackt sowie Moped, Motorrad und Fahrrad flottgemacht: »Halb sechs kommt Fußball im Fernsehen.«

Ich war den langen Weg bis zur Straße vorgerannt, schneller, als mir die drei übrigen mit ihren verschiedenen Zweiradmobilen folgen konnten. Von dort aus, beim Film nennt man so was eine Totale, wollte ich mir das teilvollbrachte, noch etwas potemkinsche Werk besehen. Erst ohne Rüstung und von weitem ließ sich beurteilen, ob die gute Absicht erfolgreich sichtbar geworden war.

Die drei schlossen schließlich zu mir auf, drehten den zwei Motoren den Funken ab, auch die Fahrradbremse quietschte, dann standen wir nebeneinander, die Mühle zu besichtigen.

Alsbald haute einer dem anderen mächtig auf die Schulter.

Allen drei Sigges gefiel die Mühle mindestens so gut wie mir, was mir mindestens so gut gefiel wie den drei Sigges. Freilich, doch davon sprach keiner, achtzig Prozent der Arbeit blieben noch zu bewältigen.

Das Wichtigste dabei:

Fortan war es nicht mehr nur meine Mühle, sondern – »unsere Mahlower Mühle«.

Sogar das Einkaufen wurde leichter. Der Mensch vom Holzhandel schien die Mühle inzwischen auch gesehen zu haben, denn er schlug mir nicht mehr das Abbrennen vor: »Bretter? Wat'n für'n Maß? Na ja, schon, da liegen welche. Aba komm ma übamorjen, da komm' beßre. Da kannste nich? Heb' ick dia off.« So ließ sich nicht verhindern, daß die Mühle eines Tages von allen Seiten gleich gut aussah.

Ein alter Müller hatte zu mir gesagt, als ich bei meiner Mecklenburg-Tournee vor seiner Mühle anhielt: »Eine Mühle ohne Flügel, das ist wie ein Mensch ohne Arme.«

Der Satz hatte mir einen kleinen Stich in die Herzgegend versetzt, den ich jetzt bei Betrachtung des schmukken Mühlenkästleins wieder spürte.

Und wenn ich mich auch für die nächsten fünfzig Jahre verschulden sollte: gar nicht erst abschlaffen! 'ran an den Windmühlenflügelbau!

Die alten Flügel dienten als Materialspender für die nun einsetzende Arbeit des vierten Sigge, eben des Schmieds Paule Siegert.

Teile der alten Aluminiumverkleidung und viel neues U-Eisen formten sich nach Monaten zu neuen Flügeln, die zusammen immerhin aus mehr als zweitausend Einzelteilen bestanden.

Kein Handgriff Routine, jeder Schweißnaht mußte eine neue Überlegung vorausgehen. Das nervte. Wieviel Kilometer Gartenzaun hätte Paule in der gleichen Zeit ohne Kopfbenutzung zusammenklatschen können!

Gereiztheit blieb also nicht immer aus.

In fortgeschrittenem Baustadium bemerkte ich einen Fehler in meiner Konstruktion. Das war mir sehr peinlich, denn ein Ende der Fummelei ließ sich langsam erkennen. Sigge eins, drei und vier atmeten ganz tief durch, Sigge zwei packte vor Wut die Koffer und entwich für zwei Tage zum gerade stattfindenden Greizer Viereckrennen. Seine Frau versuchte vergeblich, ihn zu besänftigen: »Aber die Mühle muß doch laufen, hast du immer gesagt!«

Nach diesen zwei Tagen zeigten die Restsigges trotz allgemein gedämpfter Arbeitsmoral dem abtrünnigen Sigge schon von weitem, daß die kurze Zeit ohne ihn sehr erfolgreich gewesen war: Drei Flügel hingen dran.

Der wütende Sigge hielt das nicht lange aus, es wurmte ihn, die Mühle ohne sein weiteres Zutun fertig werden zu sehen. Bald stand er wieder auf der Rüstung, als wäre nichts gewesen, wenn er sich auch noch ein bißchen hinter der Schweißermaske versteckte.

Keiner der trinkfesten Sigges kostete auch nur am Alkohol, solange auf dem Gerüst gearbeitet wurde. Hier gingen sie mit tonnenschweren Teilen um in zehn und mehr

Meter Höhe über festem Boden, da legte jeder fraglos freiwillig Wert auf klaren Kopf.

Aber: »Ham' wir einen aufgehängt, wird auch einer eingeschenkt.« Da glücklicherweise hier außer Flügeln niemand aufgehenkt wurde, sickerte der Doppelkorn besten Gewissens in die Adern.

Alle Mahlower über zwei Zentner Gewicht, also ziemlich viele Leute, zogen hin und wieder an dicken Tauen, wenn die Flügel während des Bauens gedreht werden mußten.

Jedenfalls hingen eines schönen Tages alle Flügel dort, wo sie hingehörten.

Das Gerüst fiel zum letzten Mal.

Nach böigen Winden während der ganzen Bauzeit erstarb mit dem letzten Handschlag vor dem ersten möglichen Flügelanlauf jedes Lüftchen.

Ruhe.

Sobald gelegentlich der Verdacht aufkam, die Andeutung eines Lüftchens könnte bevorstehen, stürzten sämtliche Sigges zur Mühle.

Wir saßen auf der Bank vor dem kleinen Schuppen neben der Mühle, starrten auf die Flügel, schoben sie an, tranken noch einen, und der Kummer wuchs nach jedem Schluck. Die Sigges machten mir klar, meine Konstruktion würde wahrscheinlich überhaupt nicht funktionieren. Den Gegenbeweis konnte ich bei Windstille schlecht erbringen.

Als wir im Laufe luftbewegungsloser Wochen dem Alkohol fast vollständig ergeben waren, bewegten sich Ende September endlich zuerst die Blätter, dann ganze Zweige an den Bäumen. Von den Ästen sprechen wir lieber noch nicht.

Wir hielten das zuerst für Halluzinationen als Folge unserer Beklemmung, doch ein gewisses Rauschen außerhalb unserer Kreisläufe sprach für die Echtheit des optischen Eindrucks.

Ganz langsam begannen sich die Riesenarme der Mühle zu drehen. Wir standen davor. Atemlos.

Dem Erfinder der Windmühlen muß vor tausend Jahren ähnlich zumute gewesen sein.

Dann rannten vier verrückte Sigges und ein übergeschnappter Hilfsmüller um die Mühle. Leute, die man zuvor als erwachsen und normal hätte betrachten können, schmissen sich ins Gras, leerten sämtliche noch nicht geleerten Flaschen genießbaren Inhalts und ließen wohl Nachbarn daran denken, Verstärkung herbeizurufen, falls wir fünfe angesichts der sich drehenden Flügel vollständig durchdrehen sollten. –

Die Zeit verging, was sollte sie auch sonst tun.

Die Flügel funktionierten weiter. Die lokale Presse nahm Notiz.

Die Flügel liefen nur gelegentlich und vorerst ohne praktischen Sinn, mehr so als Über-Mobile.

Die Sensation hatte ihre Schuldigkeit getan.

Eine neue wäre höchstens eine Havarie.

Aber, aber . . .!

Bei soviel Sieg-en!

Tja, Mühlenjimmy, wat nu?

Kuchenreste im Schuppen

Die Mühle sah von außen wie neu aus, innen blieb noch viel zu tun. Provisorien können reizvoll sein. Das ganze komische Leben ist doch schließlich provisorisch. Hat man endlich alles wohlgeordnet, fällt man gewöhnlich um und sagt keinen Mucks mehr. Aber es hat endlich alles seine Ordnung. Deshalb achten ja viele Leute immer drauf, ständig frische Unterwäsche anzuhaben. Falls sie unerwartet unter ein Auto geraten, wollen sie wenigstens einen ordentlichen Eindruck hinterlassen.

Aber wovon rede ich denn da! Hier kommt niemand unters Auto, auch nicht provisorisch!

Provisorisch war zum Beispiel die Heizung in der Mühle. Eine provisorische elektrische Heizung in einer hölzernen Mühle mag etwas pikant sein, aber provisorisch heißt nicht dilettantisch. Ich hatte sie ja schließlich nicht selbst gebaut. Die Heizung gestattete sogar bei mäßigem Winter kleinere Feste. Nach den vielen Richtefesten schien eine Einweihung angebracht zu sein. Silvester bot sich an.

Aber nun: wen einladen?

Ohne große Mühe standen fast dreißig Leute auf der Liste. Als ich die Namen durchzählte, hörte ich einen dumpfen Schlag. Kalt war es. Waschwassereiswegwerfwetter. Nein, kein Wegwerfwetter: Waschwasserwegwerfeiswetter.

Ich tippte auf einen abgestürzten Eiszapfen. Dann schlug etwas gegen die Schuppenwand. Wie ein Eiszapfen klang das aber nicht. Ich wechselte aus den Pantoffeln in die Pantinen und ging hinaus, um den Schaden zu besehen. Im selben Moment schlug über mir ein Schneeball an den Türrahmen. Die mögliche Wurfrichtung zurückverfolgend, landete mein Blick in den graugrünblauen Augen Christines.

Viel mehr war von ihr zwischen roter Wollmütze und langem rotem Mantel nicht zu sehen. Die seitliche Grenze zwischen Mütze und Mantel markierten die blonden Locken. Echte Locken!

Christine stand schüchtern außen am Zaun im tiefen Schnee, aufs Mühlengelände hatte sie sich wohl nicht gewagt.

Onkels Schlachtefest war offensichtlich vorüber.

»Ach«, und dabei drehte sich wieder die Hand in bereits beschriebener Weise, »ich hatte gerade Zeit – und das schöne Wetter.«

Erster Damenbesuch in der Mühlenhütte!

Nicht die erste Dame in der Hütte, sondern derartiger Besuch weder mit denkmalpflegerischer noch handelspolitischer Motivation. So sehr verwöhnt von der Damenwelt war ich nun nicht, daß ich mich nicht sehr, ja außerordentlich, kurz: doll gefreut hätte.

Die Dreimarkdecke hochhaltend, bat ich Christine in die zwei mal drei Meter kleine Kammer. Die geringe Höhe störte nicht, weil Christine von sehr praktischem Format war. Ich bot zuerst einen Begrüßungskaffee an.

»Ich habe hier ein paar Kuchenreste«, sagte sie. Aber der Kuchen war eindeutig frisch und extra produziert. Sie mußte schon einmal heimlich meinen Schuppen besucht haben, denn sie beteiligte sich so unauffällig selbstverständlich und sicher an der Zeremonie des Kaffeekochens und Tischdeckens, als wüßte sie längst, wo Teller und Tassen stünden. Sie tat es aber nicht so, als wolle sie damit sagen: Lassen Sie mich mal, Sie können das sowieso nicht richtig, sondern so, als wäre dies hier seit langem unser gemeinsamer Haushalt.

Dabei begann ich eine scharfsinnige Konversation: »Na, haben Sie hergefunden?«

Wenn nicht, wäre es ja eine andere gewesen und nicht

Christine! Aber sie überging meine Hilflosigkeiten: »Wenn Sie ein Paar Pantoffeln übrig haben, würde ich gerne meine Stiefel loswerden.«

Die außer Pantoffeln angebotenen Wollsocken nahm sie ohne Zögern an. Die zu großen Socken zottelten zwar etwas um ihre Füße herum, aber in die Pantoffeln gestopft, fiel das nicht auf.

Sie sah meine Silvesterliste auf dem Tisch liegen.

»Da steht ja unser Tonmeister drauf. Haben die Leute alle bei Ihnen Schulden oder umgekehrt?«

»Nein, das ist meine blaue Liste.«

»Blau?«

»Ja, eine Aufstellung der Leute, die hier auf der Mühle am ersten Ersten früh vielleicht überlegen werden, wo sie eigentlich sind.«

»Bei Ihnen wird wohl viel gesoffen?«

Aua! Ich überging's.

Den Kaffee brühte ich, brühten wir in großen Henkeltöpfen. Die »Kuchenreste« lagen auf einem Teller mit Mühlendekor. Christine hatte ein Messer mit breiter Klinge gefunden, das als Tortenheber dienen sollte. Wir setzten uns gegenüber und taten das gleiche: Beide schlossen wir die Hände um die heißen Kaffeetöpfe.

Beide entdeckten wir gleichzeitig den synchronen Vorgang, schauten einander an und sagten ein Weilchen nichts.

Christine warf einen Seitenblick auf die Liste: »Und wo wollen Sie feiern?«

Sie kam mir wirklich entgegen. Mehr konnte ich nicht verlangen. »Am besten, ich zeige Ihnen nachher mal die Mühle.«

Statt Briefmarken.

Bei der Mühlenbesichtigung zeigte sich Christine sehr interessiert, manchmal etwas zu interessiert, wie mir schien. Aber mir sollte es recht sein!

»Haben Sie überhaupt einen Tisch zum Feiern?«

»Ja, dort die Platte, die aussieht wie eine alte Tür, das wird der Tisch.«

»Aber die Platte hat ja so ein Muster, so dünne Stellen . . .«

»Auf einer Seite habe ich schon Gips reingegossen, da ist es fast eben.«

»Sie machen aber Dinger, das hält?«

»Draufhauen darf keiner. Es kommt noch Wachstuch drauf, das hält alles zusammen.«

»Sie müssen doch so was wie ein kaltes Büfett aufbauen. Wo soll denn das stehen?«

Jetzt mußte ich aber endlich zuschlagen: »Wo möchten Sie es denn gerne haben?«

»Nicht mehr sauer wegen des Schlachtefestes?«

»Jetzt sind Sie ja hier.«

»Und ich darf festlegen, wo das kalte Büfett hin soll?«

»Ich bitte darum.«

»Auf die Mühlsteine vielleicht?«

»Warum vielleicht? Verfügen Sie über die Mühle.«

Sie holte Luft, setzte zur bekannten Handbewegung an, sagte dann jedoch nichts.

Ich brachte sie zum vorletzten Zug. Mir wäre sehr danach gewesen, sie nicht gehen zu lassen und ihr die finstere Frostnacht in recht abschreckenden Bildern zu schildern, um ein Nachtquartier anbieten zu können im Müllerstübchen – einsfuffzig mal zwei Meter, aber hoch –, jenem zweiten »bewohnbaren« Kämmerchen meines windigen Anwesens.

Aber Christine war mir zu wichtig.

Nicht gleich alles.

Das geschah einige Tage vor Weihnachten. Silvester jedoch war nicht mehr aufzuhalten. Die Gäste durften kommen.

Der Chefwanderer rollt an

Der Chefwanderer drohte damit, meiner Einladung an ihn nachzukommen, sich in Mahlow gefälligst endlich samt Familie blicken zu lassen. Was vor seiner Ankunft geschah, erfuhr ich erst nach seiner Ankunft, erzähle es aber jetzt fast ablaufgemäß.

Er hatte geerbt. Irgendeine gräßliche Großtante vermachte ihr Geld heimtückischerweise der grünlodigen Familie und starb. Die zahlreichen Kinder, mit jagd- und waldgöttischen Vornamen behängt, guckten aus grüner Wäsche, nur Chefis Frau widersetzte sich der grünen Welle. Er, bekannt als des Rechnens und Einteilens in Portionen unfähig, kaufte sofort vom Erberwerb eine mittlere elektronische Musikmaschine, fuhr per Taxi von Mühle zu Mühle und erstand schließlich auf dem freien Markt ein Auto mit Verkaufslackierung. Diese schimmerte grün. So übersah er das nur mühsam verdeckte unregelmäßige Braun an der Karosserie-Unterkante. Der Verkaufslackierung war eine Verkaufsspachtelung vorausgegangen.

Der Chefwanderer schrieb mir, er käme am fünften Weihnachtsfeiertag gegen Mittag samt Zeugungsergebnissen und Gebärhilfe. Diese besondere Art von Humor überhörte seine Frau großzügig oder resigniert.

Zwar rückte er samt Gefolge an, aber erst gegen siebzehn Uhr. Er und einige seiner Kinder entstiegen einem Taxi ortsfremden Kennzeichens. Das Taxi mußte sich in die Riewendter Gegend verirrt haben, als Chefi es kaperte. Mich verwunderte diese Anreiseart; eigentlich wollte er doch mit eigenem Auto vom Geld seiner Vorfahren vorfahren.

Das Taxi bezahlte er vom Geld für sein Auto vom Geld seiner Vorfahren.

Befürchtend, auch mehrmaliges Lesen vorstehenden Satzes brächte dem Leser keine volle Klarsicht, schildere ich die Ereignisse näher, nun leicht chronologisch versetzt.

Die Fahrt nach Mahlow plante Chefi als Triumphzug auf eigenen Rädern. Das viele Geld hatte ihn vom asketischen Pfad auf die asphaltierte Straße geschleudert.

Der Start gelang dank tagelanger Vorbereitungen recht gut. Die Fahrt begann optimistisch. Etwa auf halber Strecke, hundert Kilometer weit von Heimat und Ziel, geschah das, was man aus jeder altbackenen Filmklamotte kennt: Der Motorhaube entquoll Qualm samt Knall.

Das Auto stellte seine Fahrtätigkeit sofort ein, von Ausrollen konnte keine Rede sein. In einem Ort vor einer Kurve, zumal bei erster Langfahrt, wirkte wegen ohnehin gedrosselter Geschwindigkeit die automatische Bremsung wenig verheerend. Die Dorfleute schauten wegen des vorfristigen Silvesterlärms aus den Hoftoren heraus. Es fanden sich so schnell ein Abschlepper und eine kleine Werkstatt. Chefi hatte zwar sofort nach dem Knall pflichtgemäß die Motorhaube hochgeklappt, darunter alle Teile an derselben Stelle wie vor Fahrtbeginn vorgefunden, was ihn befriedigte, der Schaden konnte also nicht erheblich sein, aber Fachmann bleibt Fachmann. Und ein Auto ist keine Windmühle.

Gewisse blaue Schwaden stanken allerdings auch noch bei Ankunft in der Werkstatt vor sich hin. Der Werkstattbesitzer klopfte, schraubte, suchte. Sein Blick verfestigte sich. Langsam setzte er sich auf einen nahen Blechhocker, den Maulschlüssel auf die Werkbank legend.

Der Chefwanderer glaubte, dies wäre eine Geste nach vollendeter Arbeit. Alle großen und kleinen Chefis blickten den Herrn im blauen Kittel erwartungsvoll an und wurden von dessen Worten nicht enttäuscht: »Das Motorgehäuse ist geplatzt.«

Oberchefi wollte beiläufig fragen: Gut, und was bedeutet das?, als er noch rechtzeitig den Groschen in sich zum Fallen brachte: »Kann man hier irgendwo zu Mittag essen?«

Er hatte also keineswegs die Fassung verloren und führte seine Hausmacht in die freundliche Gaststätte. Niemand sprach vom Malheur. Das Essen wurde bestellt. Seine Frau Diana (der Name paßte gut zum Amateurgrünrock Chefi; womöglich hatte er sie deshalb zum Weibe genommen), Diana also zupfte ein wenig an den Kindern herum. Belanglose Sätze schlenderten über den Tisch, die Kinder mischten mit, sie verstanden die Situation und kannten ihren Vater.

Plötzlich schaute der Chef seiner Diana fest ins Auge, kaute hurtig den letzten Bissen schluckreif und formulierte unmißverständlich: »Eigentlich brauchen wir doch gar kein Auto.«

Sprachloses Innehalten der Familie.

Dann weiteres Messer- und Gabelscharren.

Genau jetzt trat er auf, deus ex machina. Zu deutsch: der Mann im blauen Kittel aus dem geborstenen Motor.

Er zog einen Stuhl heran, wünschte guten Appetit und fragte: »Kann ich irgendwie helfen?«

Chefi fragte zurück, was von dem Auto zu halten wäre. Der blaue Chirurg ließ bedenklich den Kopf pendeln: »Viel ist damit nicht mehr los.«

»Was könnte man dafür noch bekommen?«

Deus ex machina beging einen kleinen Fehler: »Ersatzteile sind knapp, und teuer zu verschenken brauchen sie das Auto nicht.«

Ein Todesurteil voller Hoffnung.

Chefi: »Wollen Sie es haben?«

Offene Augen und Münder richteten sich auf Chefi.

Dann wurde gefeilscht. In dieser Tätigkeit war der

SCHLAUCHEN VERBOTEN!
BLÖDE MÜHLE
KASSE
EXITUS!
ADÉ 10-00
Pinke Pinke

Wanderer nicht ungeübt. Stets glaubte er, die Leute übers Ohr hauen zu können, stets zog er den kürzeren. Aber immerhin, am Ort und auf der Stelle wechselte das immobile Mobil den Besitzer. Die Formalitäten sollten nachgeholt werden. Geld fürs Taxi zur Reise durch das ganze Land hielt der Wanderer schnell in Händen. Das Taxi vom Nachbarort gehörte zu den kleineren Typen und sollte zu einer der größten Fuhren seines Lebens aufbrechen, nicht nur über Kreis-, nein, sondern sogar über Bezirksgrenzen hinweg, sein Innenraum reichte nicht für alle Chefwanderers – woraus man auf das nun schon als ehemaliges zu bezeichnende Chefauto schließen kann. Diana und die kleinste Tochter fuhren deshalb zum nächsten Fernbahnhof, danach Chefi mit den andern Kindern nach Mahlow. Der Chefwanderer traf also so ein, wie ich ihn kannte, nämlich ohne eigenes Auto oder wenigstens eine Anmeldung dafür.

Einige Unrast waltete bis zum Eintreffen des Familienrestes in einem mir bekannten Taxi. Es kam nur vom Riewendter Bahnhof.

Dann speisten wir zur Nacht, ich erfuhr die vorstehende Geschichte, und alle Beteiligten verteilten sich über die Schlafgelegenheiten in der Mühle. Das Ereignissoll für diesen Tag war erfüllt, Mühlenjimmys Mahlower Mühlentaten, in der längst hereingebrochenen Finsternis ohnehin schwer zu erkennen, sollten erst am nächsten Tag gewürdigt werden.

Am Morgen läutete ich die Mühlenglocke als Sammelsignal. Die Sammlung fand nicht in der Schuppenküche statt, sondern auf der Mühle, auf dem Steinboden. Das ist die zweite Etage.

Einerseits wäre es im Schuppen recht eng geworden, andererseits hatte ich für Silvester bereits eine Ausweichküche zwischen den Mühlsteinen eingerichtet, weil der Schuppen doch erhebliche Zermürbungserscheinungen zeigte und der zeitweilige Umzug auf die Mühle wegen der zu erwartenden Schuppenerneuerung sowieso bald nötig werden würde. »Lavi-Express«, das uralte Gas-Waschmaschinen-Ungeheuer, hatte da oben Stellung bezogen, um für die Küche einschließlich dazugehöriger Waschgelegenheit »Brauch«wasser zu speichern. Über den Gartenschlauch drückte die unverwüstliche Polterpumpe das Wasser in die Höhe. Trinkwasser hielt ich in einem Extraeimer. Das Abwasser, also Wasch- und Abwaschwasser, nahm den Weg des kühnen Schwungs aus der Mühlenluke. Da windabhängig die Mühle und mit ihr die Luke ihre Richtung änderten, verteilte sich der Kaffeesatz gleichmäßig rundherum. Diana kümmerte sich um das Frühstück, der Chefwanderer fragte mich: »Du bist Kaltwäscher, nicht wahr?«

Ich überlegte.

Ach so: Ich wusch mich morgens ohne Absicht der Askese mit gewöhnlichem kaltem Wasser – und das nicht nur im Sommer, nein, auch im Winter, wenn es schneit. Der Chefwanderer war solche Härte offenbar nicht gewöhnt.

Ich bejahte also und betrachtete dieses Thema als erledigt.

Denn dem Naturapostel Chefi warmes Waschwasser zu bereiten, das sollte er gar nicht erst für denkbar halten.

Die Frau bemühte sich um emanzipatorisch verachtenswerte Angelegenheiten, währenddessen wir harten Männer Kraft schöpften für die harte Arbeit im harten Kampf mit der harten Natur. Wir wußten das bloß noch nicht, weil eitel Sonnenschein das Herz erwärmte. Ein laues Lüftchen gestattete betuliche Mühlenflügelbewegung. Chefis Kinder purzelten um die Mühle herum, Diana spendete höfliche Hochachtung, Chefi selber stand still ein Stück abseits, sein Zigarrengestank verwehte schadlos. Ich schlenderte zu ihm hinüber, wollte ihn gerade ansprechen, da sah ich in seine feuchten Augen. Also stellte ich mich neben ihn, schaute auch ein bißchen zu den windbewegten Riesenarmen hinauf und hielt den Mund. Ich wußte, daß nichts Trauriges passiert war; diese wohltuende Wehmut, dieser schöne Schauder war mir nicht unvertraut. So zog sich der Vormittag hin. Ich erklärte den quirligen Kindern die Mühleninnereien. Neben den Mühlsteinen brutzelte Diana ein Mittagessen zusammen, dessen entstehende Bestandteile entsprechende Kartoffel-, Gemüse- und Bratriechkennungen durch die Mühle sandten.

Der bereits erwähnte Spezial-Mühlentisch mit gipsvergossenen Ritzen, nun schon mit Wachstuch bezogen, brachte uns schließlich zusammen.

Niemand ahnte, daß dies unsere letzte gemeinsame Mahlzeit sein würde.

Klingt das nicht düster?

Der Wind lag irgendwo in der Sonne herum, es herrschte Ruhe im Land. Nur das Besteck klapperte. Die Mühle hatte dergleichen eingestellt.

Das kam mir sehr gelegen, denn meine Pläne für den Nachmittag konnten wochenlange Vorbereitungen nachweisen. Extra wegen des Chefwanderers hatte ich eine längst fällige Arbeit an der Flügelmechanik aufgeschoben, um ihn daran teilhaben zu lassen. Wenn er schon bisher keine Mühle erworben hatte (komisch, trotz des Erbgeldes wurde dieses Ziel nicht konkreter), so hoffte ich ihn tatenfrisch zu sehen, wenn »richtige« Mühlenarbeit ins Haus stand.

Das Lager der fünf Tonnen, Pardon: fünftausend Kilogramm schweren Welle einschließlich der Windmühlenflügel, des riesigen Holzzahnrads und des Zubehörs mußte um dreißig Millimeter angehoben werden – eine bei Windmühlen periodisch erforderliche Wartungsarbeit. Vor einiger Zeit, bei Inbetriebnahme der neuen Flügel, zeigte mir ein Mühlenbauer den Trick, wie diese Sache ohne Autokran und sogenannte moderne Technik von einem Leut oder zwei Leuten ausführbar war. Ich begann damit, kräftige Kanthölzer zur Lastverteilung auf dem obersten Boden, so etwa drei Meter unter der dicken Welle, zu verlegen. Darauf stellte ich zwei Stockwinden, so was mit mehreren Gewinden, ineinander, und diese trugen dann drei Meter lange Kantholzstempel, die, unter die Welle gedrückt, die ganze Last heben sollten.

Chefi stand daneben. Bei dieser Vorarbeit konnte er mir nicht helfen. Er sollte später die zweite Winde bedienen. Da er diese Aufgabe längst kannte, wunderte ich mich darüber, ihn immer noch in grünförsterlichem Sonntagsgewand und Filzpantoffeln zu sehen. Er beobachtete meine Vorbereitungen etwas mißtrauisch, wie mir schien. Als die Winden und Stempel unter die Flügelwelle bugsiert waren und das Anheben des hölzernen Getüms losgehen sollte, stand Chefi in Pantoffeln auf der Leiter über mir und erklärte sich unaufgefordert bereit, die Auswirkungen des Hebevorgangs am Lager der Welle im Auge zu behalten. Diese Tätigkeit ließ an Überflüssigkeit nichts zu wünschen übrig. Für die Gäste das Beste. So durfte ich beide Winden selbst bedienen. Ein Stück Rohr setzte ich als Hebelarm auf den Zapfen der Winde, dann drehte ich los, Raste für Raste, ähnlich dem Hochbocken eines Autos, nur daß auf einer Autoecke selten fünf Tonnen lasten. Der Schweiß lief mir in die Augen, aber der Erfolg blieb nicht aus. Chefi kommentierte: »Jetzt hebt's aus!« Dann: »Der Balken sieht nicht gut aus!« Und: »Wie willst du das machen, wie schiebst du hier was drunter?«

In Atempausen antwortete ich kurz.

Inzwischen gesellten sich sein Ältester und Diana hinzu, immerhin ging Außergewöhnliches vor – vom Standpunkt des mühleninteressierten Laien aus gesehen (jaja, wir Fachleute!).

Schließlich war die Welle ausgehoben, das fettverkrustete Steinlager zugänglich. Die Presse, also die Bremse, lag nicht an, aufkommender Wind bedeutete Gefahr. Während der Heberei, bei der das Holz der Stempel gruselnd knackte, unterstützt von ächzenden Begleiterscheinungen aus Chefis Stimmbändern, die in mir den Verdacht keimen ließen, ihm gebräche es an Mühlenmut, hatte ich das Wetter nicht im Auge behalten können.

Ein wenig freundlicher Akt brachte die Welle auf den Stempeln in leichtes Schwanken.

Ich stutzte und stürzte ans Fenster. Sieh da: Wolken etwas klobiger und finsterer Art, Böen versprechend.

In solchen Fällen heißt es bekanntlich: Ein Zurück gibt es nicht. Vorwärts! Jetzt muß schnell gehandelt werden!

Ich schnitt die erforderlichen Bohlenstücke passend für das Lager, rannte die Treppe 'rauf und 'runter, ganz geheuer war mir nicht. Chefwanderers Ältester, der verschiedene Handreichungen hätte übernehmen können, fehlte plötzlich. Chefi stand noch immer auf der Leiter. Er wich nur, wenn ich ihn darum bat, weil ich dieselbe Leiter zum Aufstieg benötigte. Seine Bepantoffelung verlangsamte seine jeweilige Leiterräumung infolge unsicheren Tritts, was mich mit der Zeit nervös machte. Statt der von ihm erwarteten Hilfe hörte ich: »Der Wind scheint zuzunehmen!«

Oder: »Bei Wind solltest du das nicht machen!«

Auch: »Beeile dich lieber, bevor vielleicht Sturm aufkommt!«

Glücklicherweise alles Hinweise, die keine Antwort meinerseits erforderten. Meinen Atem benötigte ich für die Mühlenoperation. Sollten wirklich stürmische Böen aufkommen, so half nur eins: vorher fertig sein.

Die Presse lag noch immer nicht an, die Welle frei: wenn da schnelle Luft die Flügel packen würde, könnten diese sich drehen . . .

Ich weigerte mich, gedanklich die Folgen zu verfolgen.

Diana war zu den Kindern hinuntergegangen, aber Chefi hielt tapfer aus. Ich ging wieder an die Winden, die ganze Affäre mußte abgesenkt werden. Chefwanderer über mir in Pantoffeln auf der Leiter in unheilheischender Diktion: »Weißte, was ich hier sehe?!«

Mir platzte der innere Kragen, ich sah etwas, was er nicht sah, ich sah rot. Meine Antwort hieß deshalb unzweideutig: »Nein, ich will es auch nicht wissen!«

Ohne aufzusehen, hebelte ich weiter, schnaufend und schwitzend. Mir entging Chefwanderers Abgang. Geräuschlos blendete er sich aus. Diana hörte ich kommen. Erst jetzt bemerkte ich Chefis Verschwinden.

In meiner Birne blieb aber kein Platz für psychologische Feinarbeit, denn das bewegte Mühlengeschehen mußte schnell zum möglichst guten Schluß gebracht werden. Für meine Maßstäbe arbeitete ich ungewöhnlich konzentriert. Diana kletterte wortlos nach mir die Leiter herauf zu der Flügelachse.

Heißt es sonst: Skalpell – Schere – Nadel . . ., so sagte ich: »Hammer – Kantholz – Keil«.

OP-Schwester Diana reichte mir alles Gewünschte und legte es ordentlich zurück.

Die Bremse konnte angelegt werden, das Gröbste war geschafft, die Havariegefahr gebannt.

Wir kletterten von der Leiter. Ich schaute zur Fensterluke hinaus und sah draußen ein zwar windiges, aber ansonsten wieder recht freundliches Wetter. Da wir gerade eine ungerade Stunde hatten – für solche Zeiten behaupten manche Leute Wetterwechsel –, schien alles halb so wild, weil: sich wieder zum Besseren zu wenden.

Endlich tief Luft holen, hinsetzen und die Arme baumeln lassen. »Diana, wo ist eigentlich euer Ältester geblieben, der war doch ganz scharf darauf, dabeizusein?«

»Der sitzt vorm Fernseher. Dem wurde es hier zu mulmig, er bekam Angst.«

Ach so.

Diana redete nur, wenn ich sie fragte. Das war ungewohnt.

Überraschend hatte sich herausgestellt, daß sie die Mutigste in der Familie war. Das sagte ich ihr. Ich gab zu, etwas zitterig wäre mir schon gewesen, als der Wind die Welle zum Schwanken brachte und das Gebälk knackte. Aber zu diesem Zeitpunkt spielten Mut oder Angst keine Rolle, weil gar keine andere Möglichkeit blieb, als die Sache zu Ende zu führen. Die Weichheit in meinen Knien nahm erst jetzt zu, hinterher. Eine Art sanften Schocks. Jemand kam schweren Schrittes die Stiege hoch.

Herrn Chefwanderers Kopf erschien über dem Fußboden, die grüne Kluft wurde nachgeliefert, den schweren Schritt erzeugten die Bundschuhe.

Ich dachte: Nun hättest du die Pantoffeln auch anbehalten können! Mit finsterer Miene, zwischen Diana und mir hindurchschauend, also niemandem ins Auge blickend, sprach er: »Wann fährt der nächste Bus?«

Ich witzelte: »Willst du nach Hause fahren?«

Chefi beseitigte jede Unklarheit: »Ja.«

Etwas verwirrt fragte ich: »Warum denn das?«

»Das Klima hat sich verschlechtert.«

Damit er mit dieser Meinung nicht allein blieb, schloß ich auf: »Wenn du schon abhauen willst, dann kümmere dich wenigstens um den Bus alleine!«

Der Älteste, vorher schon eingeweiht, sprang die Treppe hoch: »Aber ich bleibe hier!«

Diana schwieg, sie wußte ja schon Bescheid.

Chefwanderer entschied: »Wir fahren alle«, und stieg abwärts.

Er kümmerte sich. Diana blieb noch sitzen und seufzte. Ich benötigte einen Moment zum Sortieren der Papiere in meinem Kopf, bevor ich der neuen Lage voll gewachsen war. Endlich sagte Diana: »Du kennst ihn doch.«

»Vielleicht überschätzt du mich. Soviel Gedanken habe ich mir über ihn nicht gemacht.«

»Er ist lieb zu mir, zu den Kindern, zu den Mühlen – aber er ist ein Träumer.«

Mein »na glücklicherweise«, paßte offenbar nicht ganz hierher.

»Merkst du denn nicht, daß er zwar viel von großen Taten redet, aber . . .?«

»Hm, stutzig machte mich, wie er euer Erbe schnellstens umverteilte, ohne dabei seine Mühlenpläne zu berücksichtigen.«

»Wenn er in seiner Kammer über den Mühlenmodellen hockt und auf seiner Feinmechaniker-Drehbank die ganz kleinen Teile bastelt, dann denkt er wohl manchmal, er befinde sich in einer richtigen Mühle. Er kann nicht sehr hoch klettern, da wird ihm schwindlig. Er gibt gern Ratschläge – keine schlechten, das muß ich ihm lassen, aber selber findet er meistens gute Argumente, die großen Taten anderen zu empfehlen. Dann zieht er sich mit seinen Tabletten hinter seine zahlreichen Krankheiten zurück. Manchmal denke ich, die pflegt er genauso wie die Mühlen . . . Das macht keinen guten Eindruck, wenn ich so auf ihm herumhacke, aber du weißt, daß er kein schlechter Kerl ist. Zu Hause werden wir alle etliche Tage unter den heutigen Ereignissen zu leiden haben. Er wird wieder alle Welt für unfähig halten und alle Leute zu undankbaren Nichtsnutzen erklären. Ich weiß aber genau, warum er alle beschimpft. Er kennt sein Versagen. Das gibt er natürlich nie zu.«

Pause.

Was sollte ich schon sagen.

Diana: »Hat er irgendwann mit dir über seine Frauen gesprochen?«

»Von einer Freundin sprach er mal . . .«

Ich wich aus, denn Chefi hatte bei Alkohol mal behauptet, er hätte seine erste große Liebe geheiratet und wäre nur mit ihr – und so weiter.

Diana hakte gleich ein: »Ach ja, diese Braut. Findest du es nicht schrecklich, daß ich sauer bin, weil er sogar zu feige ist fremdzugehen?«

»Du möchtest gern ein bißchen eifersüchtig sein?«

»So kann man's auch sagen.«

Ich ertappte mich dabei, im Vergleich zu Chefi meinen Kontakt zum anderen Geschlecht selbstzufrieden erfreulich vielfältig zu finden. Aber mit diesbezüglicher Abwechslung prahlen viele Leute. Insofern bildete Chefwanderer eine rühmliche Ausnahme, wenn er zugegeben hatte oder stolz darauf war, nur mit einer einzigen Frau geschlafen zu haben. Allerdings wird die Ausnahme nicht im Tatbestand zu finden sein, sondern im Zugeben des Tatbestandes. Das machte Chefis Feigheit nicht ganz so feige.

Ein Auto hupte.

Chefi hatte vom Nachbarn aus ein großes Auto herantelefoniert.

Stumm bestieg die Familie das Auto. Diana fiel mir abschiedlich um den Hals; Chefwanderer versuchte, den Vorgang zu ignorieren. Die Kinder und Diana winkten zaghaft durch die Heckscheibe, Chefi verweigerte jeden Rückblick.

Dem Fahrer gegenüber blieb protokollarische Korrektheit des Abschieds bestehen, er hätte frostige Atmosphäre zwar spüren, aber nicht beweisen können.

Das Privattaxi verschwand.

Ich stand am Zaun.

Ich war nicht besonders zufrieden mit mir.

Dann ging ich an die Restarbeiten der Mühlenreparatur. Heute abend mußte alles in Ordnung und ordentlich sein, denn dem dreißigsten Dezember folgt bekanntlich Silvester.

Am allerletzten Tag des Jahres kam Christine bereits mit dem Vormittagszug. Das hatten wir beim Abschied vor Weihnachten vereinbart. Es herrschten einigermaßen freundliche Temperaturen, die keinen Schnee duldeten. Mit dem Fahrrad, ein zweites neben mir, fuhr ich zum Bahnhof, um Christine abzuholen. Dies erwies sich als sehr praktisch, denn Christine hatte doch einiges verzehrbares Gepäck bei sich. Sie nahm die Vorbereitungen für die Feierei mit offenkundiger Übung in die Hand.

»Ich habe gelegentlich bei meiner Tante als Aushilfe gekellnert.«

Aha.

Ungefähr fünfzehn Mahlower und zehn LIOS-Leute von »Film und Kunst« hatten zugesagt. Die letztgenannte Partei bestand aus zwei Fraktionen: Ingenieuren und Lebenskünstlern. Die Mahlower Partei bestand aus den Zimmerleuten, dem Schmied und deren Frauen, Verkäuferinnen, Agrotechnikerinnen und Mechanisatorinnen, wie Treckerfahrerinnen vornehm heißen.

Die LIOS-Fraktionen kannten sich untereinander kaum, höchstens vom Über-den-Hof-Gehen. Jedenfalls waren sich alle drei Teile der Gesellschaft ziemlich oder gar völlig fremd. Einziges Bindeglied: halbwegs gemeinsamer Altersbereich zwischen fünfundzwanzig und vierzig – und das mag schon ziemlich tolerant sein.

Als Chefsigges Frau von dieser Zusammensetzung hörte, hatte das Theater angefangen: »Wat soll ick Doofe da.«

Der Schmied steckte sich an, ihm graute vor der intellektuellen Creme.

Der Komplex von den »Standesunterschieden« griff auf die andern Mahlower über. Die LIOS-Leute wußten nicht, wen sie treffen würden. Auf einer Mühle Silvester zu feiern genügte als Anreiz. So was ist romantisch. Die andern Leute wird man schon überstehen. – Wenn bloß kein Mahlower absagt!, betete ich zu den Mühlengeistern.

Die Mahlower Gruppe durfte nicht geschwächt werden, sie war mir die wichtigste. Einen wegen des andern nicht einzuladen, solchen Konsequenzen wollte ich mich keinesfalls beugen.

Auf *meine* Mühle lade *ich* ein!

Alle Gäste kamen und noch mehr. Schließlich sollte die Schwägerin nicht alleine zu Hause sitzen bleiben, und wer sollte auf den kleinen Bruder aufpassen ...

Für ein Rundfunk-Pärchen mit Baby (Oder waren es zwei Knäuel? Wer weiß!) stand die zur Familienkoje umgerüstete und letztmalig stabilisierte Schuppenkammer bereit. Dreizehn oder vierzehn andere Schlafgelegenheiten boten sich auf dem Schüttboden der Mühle an, die genaue Zahl der Liegeplätze würde sich operativ aus dem Bekanntschaftsgrad der schnubbelnden Gäste ergeben. Vor der Ausschlaferei fand ja noch die Feierei statt, das konnte verschiedene Bande enger knüpfen helfen.

Die Haus- und Beschallungstechnik verband sich mit der vorbereiteten Kinotechnik zu einem elektrisch-elektronischen Monster, das weitere Pannen höherer Gewalt befürchten ließ. Mit neuankommenden Gästen, deren schließliche Zahl ich später Fotos entnehmen konnte, legten wir immer neu Bretter von Stuhl zu Stuhl, die Stühle immer weiter auseinanderrückend. Die von Christine hergerichteten kalten Platten verteilten sich über Mühlsteine und Mischmaschinen. Dazu und dazwischen Bierkästen, Schnapsflaschen, Knabberzeug, Kabel, Girlanden, Heizlüfter, Gläser, Teller, Filme, Bestecke, Blitzlichtgeräte.

Aber was tun, wenn sich die drei Firmen stock und steif gegenübersitzen würden?

Zur Eröffnung verlor ich ängstlich einige Begrüßungsworte zum Begrüßungsschnaps, kündigte sofort den ersten der vorbereiteten Acht-Millimeter-Ulkfilme aus meiner Amateurfilmzeit an, dem ich als hervorstechendste Eigenschaft Kürze voraussagte, fand inzwischen die Filmvorführerei selber schon blöd, löschte das Licht und startete den Projektor.

Fünf Minuten Zeit gewährten mir eine Gnadenfrist.

Der Film löste innerhalb seiner Laufzeit das gesamte Stimmungs- und Verständigungsproblem vollständig. Kunst ist eben doch Waffe! Da kann man mal sehen, was so ein Film schafft, wenn er gut ist!

Welche große, aber kurze Filmschöpfung hatte ich geschaffen, die alle Schranken mit einem Schlage niederriß?

Die dramaturgische Raffinesse lag in einer Filmvorführungsnotwendigkeit. Solange der Film lief, war es dunkel. Der Film war nur nicht ganz so dunkel wie das Drumherum. Als ich das Licht nach der Projektion anknipste, erwiesen sich zwei oder drei ehemals volle Schnapsflaschen ihres Inhalts beraubt. *Das* nach fünf Minuten und, was entscheidender war: *vor* dem Abendbrot!

Während der Vorführung hatte irgend jemandes Kopf einen runden Schatten auf die Bildwand geworfen, irgend jemand hatte dann diesen Kopf aus dem Projektor-Lichtstrahl entfernt, ja womöglich waren überhaupt die »Sichtverhältnisse« schuld – denn als das Licht anging, saß bereits alles durcheinander und aufeinander in undeutscher Unordnung – wenn nicht Unzucht. Allgemeines Juchzen und Quieken begleitete den tosenden Beifall für das Filmkunstwerk.

Die Freigabe der kalten Platten und übrigen vollen Flaschen vervollständigte das wohltuende Chaos, dem bis früh um fünfe halbwegs zu steuern der Vollmacht eines Triumvirats oblag, dem dank Gotteufel-Alkoholbacchus einige Fäden aus der Hand rutschten. Alle Fenster der Mühle leuchteten in die diesige Nacht mit langen Nebel-

SUPER 8
BÖSER MÜLLER TRUNK
GLUCK
MIR AUCH!

strahlen, die Illumination um Mitternacht tat ein übriges. Ein Fest wie auf der Titanic, nur gesunken wurde nicht. Raucher mußten hinaus auf die Rampe in den Nieselregen. Eine große Liebe entbrannte so heftig, daß der Verehrte ein blutendes Ohr zeigen konnte; seine Braut gewann jahrelangen Ruhm in Mahlow als draculöse Ohrenbeißerin.

Der erste Zug Richtung Großstadt riß die eiligsten Gäste von den verschiedensten Lagern und hinterließ der zweiten Schicht angewärmte Matratzen. Die üblichen Verabschiedungsfloskeln – vom sich gegenseitig mal besuchen wollen, hat uns gefreut, schade, daß es schon hell wird – wechselten von der einen Lippen in der andern Ohren.

Nicht alles konnte ausgetrunken und aufgegessen werden. Die Mahlower trafen sich deshalb mit den studierten Restgästen am Neujahrsabend im Schuppen zu neunt, wo für drei kein Platz war.

Für Christine und mich hatte ich ein verstecktes Ruhequartier eingerichtet, ein für zwei Leute glücklicherweise nur knapp ausreichendes Plätzchen direkt oben hinter den Flügeln unterm Dach, verlängert bis hinein in die Speichen des vier Meter großen Kammrades, damit wir uns wenigstens ausstrecken, wenn schon nicht herumdrehen konnten.

Für Uneingeweihte trotz zu erwartender Mühlenüberfüllung unsichtbar und unerreichbar.

Ich hatte das Quartier dort hoch oben vorgeschlagen, und Christine hatte meine dafür angeführten rein sachlichen Gründe akzeptiert. Wir lagen brav beieinander.

Ein bißchen berührten sich gelegentlich die Hände oder die Nasen. Die Mühle beherbergte schließlich eine nicht ganz überschaubare Zahl von Gästen.

Am Neujahrsabend, mit dem letzten Zug, fuhren die letzten Auswärtsgäste davon, die Mahlower gingen nach

Hause. Christine blieb, weil sie noch mit aufräumen helfen wollte, wie sie sagte. Wir stiegen ohne Verabredung, einfach so, wieder ins Eulennest hinauf. Ich hatte bei der Mühlenführung vor Weihnachten Christine erzählt, daß hier oben Schleiereulen gehaust hätten, die ich noch persönlich kannte. Die Bezeichnung Eulennest erfand Christine am Neujahrsmorgen.

In der Stadt stellen Liebende in dünnwandigen Wohnungen das Radio an. Gerade im falschen Moment wird die Musik von Nachrichten abgelöst, oder das Band in der Recorder-Kassette verheddert sich. Alles kaputt. Die Ernüchterung vollkommen. Kein Bevölkerungszuwachs. Im Eulennest ist alles erlaubt, auch das, was verboten ist. Niemand hört, niemand stört. Keine Spaltung zwischen Gedanken und Gefühlen. Dem Eulennest blieben wir treu, bis sich selbstkonstruierter Komfort nicht mehr vermeiden ließ.

Aber was schreibe ich! Das Eulennest widersteht ebenso Beschreibungsversuchen wie das Ächzen der Mühle bei Sturm.

Keine zugigere Bleibe, keine kleinere Bleibe, keine provisorischere Bleibe.

Aber das erste Mal gibt's eben immer nur einmal.

In Mahlow begann ich als Fremder, wurde Beobachter, dann Beteiligter der Ereignisse, Person in nicht inszenierten Handlungen und Szenen, hineingerissen zwischen die andern Geschichten um mich herum.

Meine nun schon eigenen Bekannten und Nachbarn gründeten Familien, soweit das noch ausstand, wurden je nach Eignung Mütter, Väter oder Großeltern.

Christine kam häufiger und wurde, ohne daß meine oder ihre diesbezüglichen Beschlüsse von den Einheimischen abgewartet wurden, in diesem Frühjahr in Mahlow aufgenommen. Da sie selber eine Dorfjule war, mangelte es ihr nicht an Anpassungsvermögen.

Letzteres war überhaupt ihre große Stärke, wie mir auffiel.

Nicht gerade ein Zeichen von Egoismus.

Einige Mahlower Jungfrauen oder solche, die es werden wollten – notfalls sogar mit dem Mühlenjimmy, einem Auswärtigen, vorlieb nehmend –, strichen diesen leise seufzend aus ihrer Liste. So verloren meine aus wer weiß was für Gründen getätigten Besuche auf solchen Mahlower Gehöften an Brisanz, wo neben anderen Hausbewohnern einsame Herzen vermutet wurden.

Und wie das eben so kommt mit der Zeit: Ich verkrachte mich mit Mahlowern, hielt's nicht durch und vertrug mich lieber auch mal wieder.

Mich beschlich der Verdacht, inzwischen selbst schon ein Mahlower zu sein.

Trotzdem, kam ich irgendwo zwischen Unbekannte, verlief alles genauso wie früher: Der erste Eindruck, den ich hinterlasse, scheint selten der beste zu sein. Mißtrauisch gemustert zu werden bin ich gewöhnt – fast gewöhnt.

Was issen das für'n komischer Vogel?

Mit einem leichten Schönheitsfehler versehen, schlucke ich das längst ohne Wasser. Demütigungen sind mir nicht fremd, aber ich bin nicht Masochist genug, mich darüber freuen zu können. Der erste dußlige Eindruck, den zu hinterlassen ich Übung habe, hilft mir, Leute schneller kennenzulernen.

Jedenfalls gab »der Kleene« neulich zu: »East ham wa dia mit die olle Mühle ausjelacht, aba heute lachste uns alle aus.«

Das Auslachen hat in Mahlow eine andere Bedeutung oder sagen wir: eine variierte Bedeutung, ein bißchen Lob kommt darin mit vor. »Der Kleene« maß drei Zentner in der Breite, Höhe und Tiefe. Dampfwalze, Golem, Kingkong und Mimose kombiniert. Man mußte ihn irgendwann mal verwechselt haben, sonst hätte dieser krausköpfige Elefant und Schmied nicht »der Kleene« gerufen werden können. Eine weitere Fehlprogrammierung verdankte er seinem Familiennamen Sperling.

Näherte ich mich der Gaststätte, so hörte ich trotz eventuell heruntergelassener Jalousie, ob Sperling drin Mitteilungen verteilte. Fand im Versammlungsraum nebenan eine Veranstaltung statt, an der Sperling teilnahm, und lärmten in der nur durch eine dünne Tür getrennten Gaststube einige Halbwüchsige, so quoll der Kleene langsam und ganz still durch diese Tür, um mit zartem Anflug von Unbehagen in der Physiognomie den lauten Tisch in Augenschein zu nehmen. Die gewünschte Wirkung trat augenblicklich ein. In einem besonders hartnäckigen Fall von Aufmüpfigkeit griff Sperling zum äußersten Mittel. Er tat aus der Türfüllung heraus einen, aber eben nur einen, raumgreifenden Schritt ohne Eile, den er mit keinem Wort kommentieren mußte.

Die plötzliche Stille drückt noch heute auf meine Ohren.

Unsere Dorfkneipe paßte eigentlich nicht in das üblicherweise in der Vorstellung des Städters vorhandene Bild. Der Wirt soff zuwenig, und richtig lästig besoffene Gäste brachte er nicht zustande. Nur beinahe hätte es mal geklappt. Sperling stand am Tresen, ein Arm lag auf der Zapfsäule, in der andern Hand hielt er das Bierglas. Ein Herr Gast, im Vergleich zu mir ein Hüne, sah nicht mehr voll durch und drängelte und quengelte etwas. Sperling warnte kurz vor, drehte sich leicht von der Theke weg und gab dem unruhigen Gast einen kleinen Stups mit dem Bauch. Sperlings Bauchstups brachte Bewegung in den Gast. Dieser fand sich unversehens in der Nähe der Tür wieder, deren Klinke sich griffbereit anbot. Das Angebot kam gelegen. Ich kann mich nicht erinnern, einen Abschiedsgruß gehört zu haben.

Mitten in der Großstadt, unter gewissen gesitteten und vor allem zivilisierten Leuten, die keine Ahnung haben, wieviel dollere Stimmung auf jedem Dorfbums herrscht als bei ihren »Tanzveranstaltungen«, wirkte er bestimmt linkisch und klobig.

Lächler mit heruntergezogenen Mundwinkeln würden ihn in Theaterpausen interessiert ignorierend umkreisen.

Ein Bauer.

Ja, Gott sei Dank oder wie das heißt.

Keiner von diesen synthetischen Leuten: innen Antibiotika gegen Schnupfen, außen Deodorant gegen menschlichen Geruch. So Ende Dreißig mag er sein. Ein Mann mit einem Handschlag, der gilt, und einem Faustschlag, der gilt. Kindlich ehrlich, hintergründig verschmitzt und geschickt. Mist gebaut zu haben, bestritt er nie lange, fand sich selber aber sehr pfiffig, wenn ihm etwas gut gelang.

Als Bauer bestellte er nach Feierabend ein kleines Handtuch hinter dem Hof.

Völlig klar: Als die Genossenschaft kam, gab es für ihn nichts Besseres als die Einzelwirtschaft; als die Kooperation kam, schien ihm nur die Genossenschaft funktionstüchtig. Aber irgendwas zum Umbuddeln mußte man behalten. Wozu? Ganz einfach: Wozu braucht man zu Hause eine Modelleisenbahn, wenn man zum Verreisen doch die richtige Eisenbahn benutzt?

Sperling brauchte das Stückchen Land fürs Bullenfutter – und deshalb den Bullen. Freilich, ein paar Mark extra sprangen außerdem 'raus.

Gar nicht oft genug konnte der Kleene die Geschichte erzählen, wie ihm der Mähdrescher den privaten Roggen mähte auf einem »Schlag«, so groß wie seine Stube. Einmal kurz angefahren – alles erledigt. Sperling sparte die Arbeit und gewann das Vergnügen, einen Mähdrescher für ein paar Zentner Ernte herumzeigen zu können. Sozusagen umgekehrte Maschinenstürmerei.

Das liegt vielleicht an den stark umgekehrten Zeiten.

Allerdings übt Sperling neuerdings einen neuen Beruf aus. Als richtige Filmfritzen (nicht solche wie ich – »bloß« von der Unterhaltung) ländliches Milieu studierten, der Fachausdruck heißt Motivbesichtigung, kehrten die Künstler motivbefriedigt im Gasthof ein. Dort traf ihr erster Blick den am Tresen lehnenden Sperling. Um Sperling per Blick zu treffen, mußte man ja nicht allzu genau zielen, dieser Schmied breitete sich genügend aus.

Den Regisseur traf wiederum blitzartig eine Idee: Sperling müßte in dem Film als echter Eingeborener kernig, unübersehbar und optimistisch in kulminierender Situation »durchs Bild gehen«, mithin als Statist gewonnen werden.

Sperling zierte sich sehr – und laut. Natürlich ging er durchs Bild.

Kurz nach diesem Ausflug in die Filmkunst fiel häufig nicht ganz versehentlich ein Zettel aus seinem Personalausweis, wenn er diesen vor behördlichen Augen auf-

S. SPERLING
SCHAUSPIELER
KNEIPE
GOLEM
GOLEM

klappen mußte oder die Organe das Aufklappen selbst vornahmen. Auf dem Zettel, einer kleinen Visitenkarte, stand gedruckt zu lesen:

SIEGFRIED SPERLING
Schauspieler

Zur nahen Verwandtschaft des Kleenen gehörte der Große.

Ganz klar: Der Große maß höchstens einen Meter sechzig und wog fast nichts.

Ganz einfach: Der Große kam zuerst zur Welt, ziemlich viel eher als sein jüngerer Bruder, der »kleene« Nachzügler. Der Große brachte sein jetzt dreiundzwanzigjähriges Pferd in die Genossenschaft ein. Aber der Gaul wollte, wenn er mal wieder beim Großen stand, »einfach nich von' Hoff. Wenn ick den Dorweech los mach' – alle beede Flüjel – der jeht nich, un wenn ick et ihm dreimal saahre.«

Der Kleene, also der Große, trank mehr Bier. Der Große, also der Kleene, sprich: der Ältere, trank mehr Schnaps, eben dem zur Verfügung stehenden inneren Volumen angemessen. –

Ein paar Körner hatten wir schon reingedreht. Der Große kauerte krumm auf seiner Stuhlecke: »Jetze wa' ick sie'm Wochen in' Schweinestall.

Hör mia uff.

Der Schweinemeesta!

Viertausend minus!

Und von dreihundat Schweine siebsich noch nich' jedeckt!

Seit Oktoba! Jetz' in' April!

Er saacht, er hat'se – hatta nich!

Sowat nennt sich Meesta!

Siebsich von dreihundat!

Ick sollte vierzehn Taahre in' Stall.

Sie'm Wochen wa'nt!

Der Mist stand bis üba die Jummistiebel. Un' wia wa'n ma die beste Jenossenschaft in' Kreis mit siebsehn Mark uff'n Mann. Zwölfe ham wa heute!

Ick bin ja doof, aba det eene saahre ick dia, noch een Jahr, un' wia stehn uff zehne mit den Meesta.

Die Schweine stehn bis zu'n Bauch in' Dreck, sechsehn Wochen jehn se, seit Oktoba – un denn stehn von dreihundat noch siebsich trocken!

Müßten ja längst ferkeln.

Der feine Meesta sitzt in'ne Stube drin un' lest'n Roman!

Aba zweehundat Hühna!

Na, wat jibt'an die su fressen? Die wird'a woll Sand jeh'm.

Ick hab' fuffzehn Hühna.

Der da zweehundat!

Ick saach nischt.

Siebsich Schweine stehn trocken.

Wenn die nich jedeckt sin', isset keen Meesta.

Aba in'ne Kneipe hundatfuffzich Zeche machen un' denn kneifen! Nur Unfuch! Un' denn tret'a bei'n Vorsitzenden de Düre ein! Nachts halbzwölfe!

Natürlich hat'ta mitjekricht, daß wa'n andan Meesta suchen. Dis is' der alte, von vorher.

Der hatte viahundat Manko.

Aba der von jetz' hat viatausend!

Da nehm'wa doch lieba den mit viahundat!

Sie'm Wochen ick in'n Stall. Fraacht der Voasitzende mia, ob ick weitamachen tu'.

Nee, saach ick, ick muß die Frühkatoffeln bänjen. Un' dies' Jahr is' allet so spät dranne. Sie'm Wochen ham jereicht.

Die beste Jenossenschaft wa'n wa.

Da hab' ick ja früha mit meine sechs Hektar mehr jeleistet. Nee, saahre ick, ick jeh' wieda bei die Kooperation. Bei die Weltfirma weeß ick wenichstens, wat ick tu'. Da kommandiat ma keena. Da mach ick meine Arbeit, un' Schluß. Dit heißt, wenn wa nich jrade mit'n Bus hin wie her fah'n – von een Dorf in't an're. Früha kam ick zu Fuß uff'et Feld hint'an Hoff.

Bis zu de Rente noch andathalb Jahr. Ick zähl' schon die Tahre. Zurück bei die Jenossenschaft?

Da karr' ick Mist.

Die Kooperation hat mia jeholt mit den dicken Bus.

Ham 'se jesaacht:

Du, Jroßa, hast schon ville zu lange Urlaub jemacht!

Urlaub!

Ick – bei die valausten Schweine!

Ick wa' bloß abjestellt füa zwee Wochen bei die Jenossenschaft. Nee, nee, ick bleib' bei die Weltfirma. Na ja, Weltfirma saahre ick imma, weil, se is' schonn ooch mehr jroß als jut – da komm' ick rum. Da weeß ick, wat ick tu'.«

Hier stellte ich eine Frage, meine einzige und damit meine einzige falsche: »Und wenn du nun mit dem Tagezählen bis zur Rente fertig bist?«

»Denn höa ick uff.

Ick mach' nischt meha.

Ick mach'n Zaun, hol' mia'n Shetland-Pony, dis guck' ick mia jeden Tach an.

Ja. 'n Pony.

Un' maach's ooch dreitausend Mark kosten oda via – is' ejal. Guck' ick mia jeden Tach an.

Jeden Tach . . .«

Immer wiederholt er das. Immer wieder. Immer schneller hintereinander, immer heftiger, dabei vor sich hin starrend.

Die tiefen Furchen in seinem kleinen Gesicht bewegen sich. Immer, immer wieder das Pony.

Jeden Tag wollte er sich das Pony angucken.

Jeden Tag.

Mich so schnell zu verabschieden war feige von mir.

Aber was ging mich dieser Ponyfanatiker an, dieser Kartoffelbändiger. So was mußte ich schnell denken, irgendwas Gemeines mußte ich denken, das lenkte ab.

Der Große, jetzt noch krummer, griff zur Notbremse und gewann Zeit, indem er seinen Schnaps austrank, der sich als so scharf erwies, daß er dem Mann von der Weltfirma das Wasser in die Augen trieb.

Im rechten Moment brach knallend fast die Türklinke ab, so wie üblich, wenn der jüngere Bruder Golem die öffentliche Einrichtung betrat.

Sein unüberhörbarer Gruß donnerte auch zwischen dem Kartoffelbändiger und mir auf die Tischplatte.

Golem-Sigge sah seinen älteren (kleinen) Bruder an: »Du bist immer noch hier? Du hast doch morjen wieda Arbeet!«

»Wieder Arbeit!« bedeutete eine ganz bestimmte Betätigung.

Der schmächtige Schweine-Urlauber und Pony-Schwärmer ging einer kommunal wichtigen Nebenbeschäftigung nach:

Er war Mahlows Totengräber.

In der Kneipe versammelt sich die freiwillige Feuerwehr.

Das geschieht ohnehin jeden Dienstagabend, heute aber haben wir nicht nur Freitag, sondern zudem Mittagsstunde. Einige Löschkameraden erscheinen in frisch ausgebürsteter Ausgehuniform, andere mit Helm und Schutzanzug. Sowohl Uniformierte wie auch Geschützte und Behelmte löschen gemeinsam den gröbsten Durst, denn bis zum angesetzten Begräbnis von Opa Osse bleibt ein halbes Stündchen. Nur die Ehrenwache steht schon am Sarg.

Das reichliche halbe Stündchen verstreicht, die furchtlosen Löscher starten zur Trauerfeier, ich kehre zurück zur Mühle. In der Mühle am Werkeln, steigt mir schwacher Dunst in die Nase. Schnuppern hilft, ich stelle fest: irgendwas schmort.

Brennt die Mühle?

Ich renne 'rauf und wieder 'runter, es brennt nicht. Ein Zufallsblick aus dem Fenster spendiert mir graue Schwaden – also brennt's doch! Die Mühle hüllt sich ein in stinkigen Nebel. Weil ich von ebener Erde aus nichts mehr sehe, klettere ich zum Dach hinaus. Ja, hinter dem nächsten Gehöft steigen Qualmwolken in die Höhe! Sensationslüstern schwinge ich mich aufs Fahrrad, um das Unglück aus der Nähe genießen zu können.

Der einfachste Sachverhalt der Welt tut sich auf: Kinder kokelten in der Scheune und schreien nun nach den unrettbaren Karnickeln. Eine herbeistürzende Mutter, die ans Telefon stürzende Postfrau und die fast vom Fahrrad stürzende flotte Lotte beherrschen die Szene. Lotte, gerade am Ende ihrer halbtägigen Gemeindeamtstätigkeit und auf dem Heimweg, prägt den Satz des Tages: »Die Feuerwehr ist doch gerade auf'n Friedhof – die könn' doch da nich einfach wegrenn'!«

Recht hat sie! Die Feuerwehr soll einfach von der Trauerfeier wegrennen, bloß weil's brennt!

Lotte denkt völlig unnormal, aber praktisch: Die Sirene anzuwerfen hieße die Trauerfeier für Opa Osse zu sprengen, wäre unmoralisch; die Sirene nicht zu betätigen, wäre ebenso unerlaubt. Mit heu- und strohgefüllten brennenden Scheunen gibt es zudem jahrhundertelange Erfahrungen, aus denen hervorgeht, wie unnütz ein Eingreifen der Feuerwehr wäre, sieht man vom Verhindern eines Übergreifens des Feuers auf andere Gebäude ab. Diese Gefahr besteht bei der momentan lodernden Feuersbrunst nicht. Es soll ja früher vorgekommen sein, daß Bauern mal eine neue Scheune brauchten, deshalb ein Brennglas aufs Dach stellten, mit dem Gummi-Pferdewagen aufs Feld fuhren, sich dabei auf dem Kutschbock immer wieder umdrehend: »Dunnerwetter, muß doch balde brenn' . . .«

Dieser Sachverhalt trifft allerdings heute offensichtlich nicht zu. Lotte ruft also die Riewendter Wasserwerfer herbei, dort heult aber schon seit dem Anruf der Postfrau die Sirene, denn auch die Dame in Gelb versuchte instinktiv, Opa Osse nicht zu stören. Der Trauergemeinde auf dem Friedhof bleibt jedoch die finstere Wolke nicht verborgen; im Rücken des Pfarrers wächst die Qualmsäule. Bei Opa Osses Feuermänner-Ehrenwache bemerkt der Pfarrer erst unstete Blicke, dann gegenseitiges Tuscheln. Er überlegt, während er weiterspricht, was er Falsches gesagt haben könnte. Während er hierüber nachdenkt, weiß er nun schon nicht mehr, wovon er gerade im Moment spricht. Demgemäß kann er über Mangel an Verwirrung nicht klagen. Er konstatiert bei der Gemeinde immer regeres Desinteresse an seiner Trauerrede, ja Unruhe unter der trauernden Bevölkerung.

Nemo ante mortem beatus.

Lotte eilt inzwischen mit dem Fahrrad vom Telefon zum Friedhof und informiert aus dem Hintergrund die Mahlower Feuerwehr über die Ursache und Folgen der Rauchschwaden. Mittels stiller Post reifen Entschlüsse. Das Bläsertrio intoniert den guten Kameraden mit der Wirkung einer Tanzkapelle, die auf einem sinkenden Schiff für gute Laune sorgt. Diesmal »Titanic *mit* Sinken«?

Des Pfarrers Augen weiten sich, als die halbe Trauergemeinde nun doch den Friedhof verläßt. Wen um Gottes willen hat er beleidigt?!

Die Hiobsbotschaft vom Feuer bei der Mühle spricht sich von den letzten davoneilenden Brandhelfern in Stichworten zu den übrigen Trauergästen herum. Aller Blicke kehren sich nach innen, worunter das Gehör für des Pfarrers tröstende Worte weiter leidet. Jeder malt Bilder vom brennenden Mahlow vor den innen angekommenen Augen.

Beim Pfarrer, dem die Verinnerlichung nicht verborgen bleibt, wirtschaften Ängste und Vermutungen im Kopf herum. Die einzige ruhige Seele in der Runde ... aber nein, diese ist schon entwichen.

Dann endlich, als der Pfarrer zur Seite tritt, die Zeremonie der Handvoll Sand freigebend, sieht auch er die Rauchschwaden über Mahlow. Einerseits fällt dem Pfarrer ein Stein vom Herzen. Den Anlaß zur Sprengung der Feier gab also nicht er. Andererseits ertappt er sich bei zunehmender Neugier für die Brandkatastrophe, was seine Aufmerksamkeit für Opa Osse mindert.

Am brennenden Herd richtet die Feuerwehr nach Anspringen der Pumpe der Form halber einen kühlenden Wasserstrahl auf die friedlich abgebrannte Scheune. Aus der Kreismetropole kommt ein rotes Auto angezuckelt, ohne eingreifen zu müssen; am Berg trennt sich die fahrige Trauergemeinde baldmöglichst von Opa Osse, um des aktuellen Rest-Geschehens teilhaftig zu werden. Die Drangsal zwischen Pietät und Brandschutz läßt Feuerwerker und Zivilisten nicht los. Jeder in sich gespalten, gehen alle zusammen zum Trauerschmaus.

Muß Opa Osse mit seinem Begräbnis unzufrieden sein?

Ich glaube nicht, immerhin gründete er vor fünfzig Jahren die Mahlower Freiwillige Feuerwehr!

Ein solch riesiges rissiges Ungeheuer wie eine lebende Windmühle am Halse hängen habend, findet man unabweisbar eher oder später Kontakt zu amtlichen Denkmalpflegern. Die Mühle steht unter Denkmalschutz. Unter »Naturschutz« sagen weniger spezifisch denkende Mitmenschen. Bei Mühlen aber steckt schon wirklich ein Stück Natur mit drin. So falsch ist die unkorrekte Bezeichnung durch den beliebten Volksmund gar nicht. Dieser Schutz bedeutet das Verbot ungenehmigten Abrisses. Fällt das Ding von alleine zusammen und auseinander, so gibt es eine Karteikarte weniger.

Denk mal an.

Doch ich will nicht klagen. Gerade als ich vollständig pleite war, sich als Trost jedoch die Flügel drehten, griff Mütterchen Denkmalpflege in ihren Sparstrumpf und steckte mir was zu.

Daudet bemerkte in den »Briefen aus *seiner* Mühle« vor hundert Jahren das große Windmühlensterben. Da habe ich ja Glück, daß wir ein bißchen hinterher sind.

Windmühlen, ist man erst einmal einer davon habhaft geworden, können zur Sucht werden wie Saufen, Rauchen, Fernsehen.

Wer organisiert Entziehungskuren?

Und würde ich daran teilnehmen wollen?

Mein Mühlentick brachte mich so weit, inzwischen als landesweit tätiger Mühlenexperte zu wirken. Meine Gutachten beeindruckten hohe kulturelle Amtsträger. Man lädt mich zu Staatsbesuchen nach Mecklenburg-Strelitz und Schleiz-Greiz-Lobenstein-Jüngere-Linie ein, um Mühlenfragen zu beraten. Nicht immer liegt mein Mühlengewissen auf weichem Ruhekissen, doch ich mühe mich wenigstens redlich.

Das bißchen Technologie und Statik aus früheren Jahren hilft plötzlich wieder, durch Übung erworbene gröbste Holzklotzkenntnisse kommen dazu.

Über vierhundert Mühlen enthält meine Kartei bereits.

»Was, soviel gibt es noch?« höre ich den höchst erstaunten Leser ausrufen, damit die ahnungslosen Nachbarn weckend.

»Nein, noch mehr!« antworte ich.

Die bedauernswerten Holländer sind ja wirklich gezeichnet: An Mühlen und Käse denken bloß die Leute, wenn vom Grachten- und Polderland die Rede ist. Wir hier haben's da besser. Unsere Mühlen halten wir gut versteckt. Dort, wo viele Leute vorbeifahren, am Schienen- oder Betonstrang, stellen wir Mühlenruinen hin. Die intakten Kleinode schillern in abgelegenen Landstrichen durch die Bäume.

Die Denkmalpfleger fragten mich, ob ich gegen Bezahlung die Mühlen im Lande erfassen würde. Mein Kunstinstitut fand das prima, zeigte diese Meinung aber aus den bekannten Gründen nicht so sehr.

Den Denkmalpflegern brach allerdings im Laufe der Erfassungszeit langsam der kalte Schweiß aus, weil meine Mühlenreisen eine solche Mühlenlawine auslösten, die auch schlimmste Befürchtungen übertraf.

Mühlen mit sich drehenden Flügeln blieben zwar vorerst rar, aber das sollte sich ja ändern. Dazu reiste ich herum. Mühlenkenntnis verschaffte aber zudem Menschenbekanntschaften.

Mir fällt keine schreckenserregendere Formulierung ein als: Ein Geschlecht stirbt aus – die allseits beliebten Müllerinnen und Müller.

Die letzten »richtigen« Müller leben gerade noch so vor sich hin. Ihre Kinder verlassen den Hof, auf dem die Familie seit dem Bau der Mühle vor hundertfünfzig oder dreihundert Jahren zu Hause ist. Überall da, wo sehr alte

Mühlen halbwegs erhalten aussehen, ohne Kneipe daneben oder so neureich wie meine, kümmert sich der letzte Müller, so gut er kann.

Stellt der Müller nach einigen Worten wie Kammrad, Stockgetriebe, Mischmaschine, Elevator, Rüttelschuh, Katzenstein, Aspirateur oder Trieur fest, keinen Urlauber oder Ausflügler, sondern einen Mitmüller vor sich zu haben, so verschiebt er jede bei der Begrüßung noch eilige Angelegenheit ins nächste ungewisse Leben. Je länger die Unterhaltung, desto feuchter die Mülleraugen. Mit der Windmüllerei geht etwas kaputt, das zwar optisch attraktiv, interessant und abenteuerlich auf uns wirkt, aber kaputtgehen muß – wie die Windjammer leise jammernd verschwanden.

Windmüllerei ist Segelschiffahrt zu Lande, für die Besatzung weniger gefährlich, aber für die Mühle genauso riskant wie für einen Schoner.

Noch heute weht der Wind bei Mühlen nicht von Osten, Süden, Westen, Norden oder anderen amtlich bestätigten Himmelsrichtungen, sondern »aus'n Morjen, Mittach oder Abend«. Falls er allerdings aus Norden bläst, das hieße, am Tage als Nachtwind unterwegs wäre . . . da muß ich weit klaffende Wissenslücken gründlicher auffüllen, wie ich gerade bestürzt erkenne.

Bricht bei Sturm ein Flügel ab und fliegt davon, und seien es nur zwei Meter und fünfzig weit, so »fliecht er übern Berch«. Ein Berg ist dafür nicht erforderlich.

Ich stehe an der oberen Mühlenluke, aus der früher die prallen Mischfuttersäcke an einer Kette herunterschwebten. Rund um die Mühle steht ein riesiger Roggenschlag. Stürmischer, na, frischer Wind erzeugt in der Halmeversammlung Wellen – was sag' ich: Wogen, die zu entdekken ich zwar zu spät komme, so was wogt schon über tausend Jahre, deren Anblick aber immer wieder fesselt.

Das Mühlenschiff stemmt sich der Strömung entgegen, die Flügel schneiden den Wind in Scheiben und ziehen

S.O.S.
MAYWALD
DENKMAL

das Schiff auf der Stelle vorwärts, wollen ein Abdriften verhindern. Die Windrose, dieser kleine nervöse Schmetterling, zeigt an, ob der Kurs stimmt. Die ganze Kiste rappelt hin und her. Die Maschinerie stampft, der Rüttelschuh am Schrotgang klappert, die Verbinder am Flachriemen der Haferquetsche platschen bei jeder Umdrehung, das Fachwerkgebälk ächzt dem Seegang gemäß in jedem Wellental, auf jedem Wellenkamm. Zwischen den treibenden Wogen ziehen sich die Strahlen suchender Scheinwerfer hin; erst bei Sonne zeigt der Roggen seine vielen Varianten hellen Grüns. Das hellste Grün schimmert dort, wo der Wind die Halme kräftig beugt, das dunkelste da, wo die Halme aufrecht stehen. Die anderen Zwischentöne werden bestimmt vom Reifegrad, hängen ab von mehr oder weniger Sand im Boden, den Feuchtigkeitssträhnen der Erde. Der Roggen glänzt als grüner Samt, über ihm weht der Schleier der Roggenblüte. Fast schon gelbe Streifen wandern als Schaumkronen über die bewegte See. Der Wind pfeift durch die Ritzen zwischen den Flügelklappen. Stelle ich mich unter die Flügel, so fauchen sie wie angriffslustige Drachen über mich hinweg.

Jedes Schiff zieht eine Spur aus Wirbeln und Schaum durch das Meer wie eine Schleppe; hinter der Mühle dreht der Roggen die tollsten Schnörkel. Der vom Gehäuse und den Flügeln durchgeschüttelte Wind überschlägt sich, die Halme tanzen wild durcheinander, umeinander herum.

Die Brandung meines Roggenmeeres springt in der Ferne gegen dunkle Klippen, Felsenwände aus Kiefer, Eiche und Birke.

Allerdings, um ein Abtreiben der Mühle auch dann zu verhindern, wenn die Maschine eine Havarie erlitte oder wegen zu mächtigen Sturms stillgelegt werden müßte, verbindet sie eine Trosse mit dem rückwärtigen Festland: Der schmale Weg zur Straße und die parallele Freileitung halten bei Gefahr die Verbindung zur zivilisierten Welt.

Jaja, Romantizismen. Aber schön graulich!

Der fünfundsiebzigjährige Müller bei Gera wartet auf einen großen Sturm, vor dem sich andere fürchten. Seine dreihundertjährige Bockmühle steht schief, ihr Bock senkte sich vom Gewicht der Flügel und Steine nach Westen, also zur Sturmseite hin. Der Müller braucht einen Sturm als Kompagnon, der die Mühle nach Osten drückt, während der Müller mit Winde und Wagenheber den Bock anheben, das Fundament ausfüttern will. Sollte die Mühle vor dem erforderlichen Sturm umfallen, der Müller würde keine vier Wochen länger leben, »wegen der Mühle bin ich ja bloß noch da – weil die Enkel sie nicht haben wollen«, sagt er.

Ob der Wind heute für das Vorhaben genügt, falls er bei Gera genauso weht wie in Mahlow?

Ein Zweiundsiebzigjähriger in Sachsen balanciert übers Mühlendach. Wird das undicht, ist vom Regenwasser bald alles hinüber. Der Seemann zu Lande übernimmt sich. Er kommt gerade noch bis zur Luke, dann wird ihm schwindlig. Aufs Dach darf er nun nie wieder, nur mit Mühe schafft er die Treppe. Um ihn am Leben zu erhalten, hilft nur eine Droge: Seine Söhne und Enkel kümmern sich um die Mühle, Opa sitzt auf der Bank und schaut sich die Illusion an. Die Flügel in Gang zu setzen erscheint nicht ratsam, die freudige Erregung könnte als Überdosis zum letzten Herzschlag führen.

Ein Neunundachtzigjähriger bei Nebra haust allein mit Hund, Kuh und Mühle weitab vom Dorf. Er protestiert beleidigt, als ich des Zustandes der Flügel wegen bedaure, daß sie sich nicht mehr drehen können. Ohne Anstrengung steigt er die steilen Treppen hoch, die er seit achtundachtzig Jahren kennt, löst die Presse, schließt die verbliebenen Flügelklappen: die Mühle fängt an zu rumpeln.

Vor dreihundert Jahren eingebaut, von ausgewechselten Verschleißteilen abgesehen, läuft eine vollautomatisierte Technik an. (Heute heißt so was, wenn nicht gerade eine Handkurbel dran ist, Roboter.) Angenehm weich laufende Holzverzahnungen, in die sich der Modul im Laufe der Zeit selbsttätig eingeschliffen hat, Holz-Förderschnekken, fast tonnenschwere Mühlsteine, auf dem Mühleisen hervorragend ausgewuchtet aufgehängt – der Müller muß nur Getreide nachschütten, Mahlgut absacken und die Maschinerie pflegen.

Pflügte er in momentan gerade zur Vergangenheit gehörender Zeit nebenher seinen Acker, was ja per Pferd geräuscharm, wenn auch weniger eilig vor sich ging, so meldete sich die Mühle mit lauten Klopfzeichen oder einer Glocke, wenn Getreide aufzuschütten war. Ein perfekt zuverlässiges Signalsystem.

Bei Winddrehung drückte der Müller mit eigenem Kreuz oder der gerade in Reichweite grasenden Kuh die Mühle an ihrem Sterz, einer langen Stange, in den Wind.

Ein Müller an der Elbe, der Futter mahlt und mischt und den Schrotgang, also die Mühlsteine, noch mit Wind antreibt, baute vor einigen Jahren zwei Flügel, die ein Sturm abgerissen hatte, völlig neu. Vom Ökonomenstandpunkt her ist das sinnlos, ein Motor läuft heutzutage ohnehin in jeder Windmühle als Reserve oder Hauptkraft. Wir sitzen auf Säcken nahe der oberen Luke an der Mühlenrückseite, man sieht nur am seitlich vorbeihuschenden Schatten, daß sich die Flügel drehen. Ich frage ihn, warum er sich die Mühe des Neubaus gemacht hat. Die Antwort fällt kurz aus, und ihr folgt eine Pause: »Ich brauche den Schatten da.«

Jeder dieser älteren unscheinbaren Herren ist ein Kapitän zu Lande. Der alte Mann und der Wind. Der alte Mann und das Korn. Mein altes Moped kann mit den alten Mühlen nicht konkurrieren, es ist nicht für Jahrhunderte gedacht ...

Inzwischen habe ich eine gewisse Vorstellung davon, was in einer alten Mühle steckt und was sich hineinstekken läßt, was man allerdings von außen her kaum erahnen kann. Nicht gerade unglücklich leben jene alten Müller, die von Denkmalpflege noch nichts gehört haben. Sie ersparen sich Enttäuschungen, weil sie von diesem unter Schutz stehenden Wort zuviel erwarten könnten.

Alle Mühlen zu erhalten, so schön das wäre, kann kein Mensch – wer sollte das bezahlen? Genügen nicht auch einige typische Exemplare?

Wer trifft die Auswahl?

Diese Frage verliert von Tag zu Tag an Bedeutung, weil umfallende Mühlen das Abwägen erleichtern.

Durch Kriege kamen zwar Mühlen zu Schaden, aber andererseits benötigte man sie in solchen Zeiten ganz besonders und hielt sie beisammen. Mit der Erfindung der Dampfmaschine erschienen alle bisherigen Antriebskräfte lächerlich. Im Vergleich zum Verbrennungsmotor wiederum erwies sich die Dampfmaschine als plumper Koloß. Die Elektrokraft konnte den kleinen unabhängigen Benzin- oder Dieselmotor schon nicht mehr beiseite schieben. Die hohe Lebensdauer von Dampfmaschinen überrascht erst neuerdings wieder.

Und nun tut man das, was die alten Freiberger Bergbau-Leute ehedem getan haben: Man rechnet!

Denn jene Freiberger lachte man aus, weil sie unter Tage immer noch Wasserräder als Antrieb für die Förder- und Belüftungstechnik verwendeten, obwohl die Dampfmaschine überall im Vormarsch war. Die Freiberger hatten herausgefunden, daß es viel teurer gewesen wäre, die dort nicht vorhandene Kohle heranzutransportieren, als die Wasserradtechnik in Gang zu halten.

Heute heißt so was »Preis pro Kilowattstunde«.

Also, wie gesagt, man rechnet wieder.

So wächst der Respekt vor den Altvorderen – und man liest wieder mal nach, bevor man das Wasserrad neu erfindet oder den Windmühlenflügel. Das Wort Aerodynamik ist neu, die Sache nicht. Deshalb heißt das, was lange als alte Klapperkiste abgetan wurde, heute »technisches Denkmal«. Aber während ihres Schattendaseins in der »Alles neu«-Periode wurden diese Denkmale eben doch recht klapprig.

Und nun kommt manches Ortsorgan, das für den Mühlenerhalt verantwortlich gemacht wird, da und dort mit dem alten Querkopf von Müller nicht zurecht.

Sie vertragen sich nicht. Für den alten Spinner keine Mark! Das Schicksal der Mühle ist besiegelt . . .

Ich verstehe die Kommunen, die vom Mühlenrestaurierungsgeld lieber Kindergärten bauen möchten.

In hundert Jahren fragt aber niemand mehr nach dem Streit zwischen Müller Schrot und Bürgermeister Stempel von damals, sondern es heißt vermutlich händeringend: Die haben damals dieses Prachtexemplar verkommen lassen!

Eine Karteikarte wird wieder zerrissen werden, die noch aus heutiger Zeit in einer Kiste gilbt, oder ein paar Magnetband-Impulse fallen der Löschung anheim. Weg ist weg.

Warum soviel Wind um Windmühlen?

Jimmy sollte lieber Briefmarken sammeln! Das ist billiger und bringt Geld! Aber: Mühlen verkörpern den Beginn aller modernen Technik, aller Technologie, aller Mechanisierung und Automatisierung!

Unsere Vorfahren, nicht bloß die Müller, sollen zwar nur unerheblich dümmer als wir gewesen sein – aber wir gebärden uns dafür erheblich überheblicher. Ohne ihren Baum säßen wir nie auf unserm grünen Zweig – aber am verbindenden Ast sägen, das fällt leicht. Das Großeundganze haben wir, so entnehme ich den sich als zuverlässig anbietenden Informationen, einigermaßen im Griff; da könnte Zeit sein, sich um das Kleineundhalbe zu kümmern.

Habe ich mich nun genug entrüstet?

Dem Chefwanderer fielen die Ohren ab, wenn er hörte,

wie ich über Mühlen lamentiere! Der blasse Neid färbte ihn gelb!

Ob neidisch oder nicht – rumski-bumski: schon befindet sich Herr Kniebundschuh infolge meiner Erfahrungen wieder in der Geschichte ...

Hämisch schrieb er, als Vorwand für sein Lebenszeichen die Frage nach einem angeblich liegengelassenen Handtuch bei der eiligen Abreise benutzend: »... Damals bei unserer Tour zogst Du die Mundwinkel herunter, als ich von Mühlen schwärmte, und was ist nun geschehen? Du selbst bist dem Zauber dieses herrlichen Bildes erlegen ...«

Hier muß ich an die vom Chefwanderer geübte sprachliche Traditionspflege erinnern. Nichts draus machen, er meint's nicht böse: »... Nachdem meine Pläne für die Windmühle im Sorbischen von den Besitzern sabotiert werden, wende ich mich nunmehr der Ölmühle in Bleichenau zu. Erst neulich wanderte ich mit meinem Ältesten durch das wunderbare Rotwasser-Tal, um den alten Müller (ich erzählte gewiß schon von ihm) zu besuchen. Schon von weitem sahen wir, wie sich das alte Wasserrad drehte. Als wir näher kamen, hörten wir das rhythmische Rauschen des Wassers, wenn es über das Rad fällt. Wie lange noch?

Bevor wir den Hof betraten, um den Meister zu begrüßen, setzten wir uns am Rad nieder und schauten hinein.

Wie soll man in ein Rad hineinschauen, wirst Du in Deiner haarspalterischen Art fragen. Nun, wir sahen vor uns all die alte Mühlentechnik, all die alten Müllergenerationen, die vergangen sind, die Leben und Treiben vergangener Tage mitbestimmten. Wir brauchten gar nichts dazu zu tun, die alten Mühlenlieder uns in Erinnerung zu bringen, das drehende Rad schaffte sie herbei.

Wie schrieb schon Georg Heym:

> Die vielen Mühlen gehen und treiben schwer.
> Das Wasser fällt über die Räder her,
> Und die morschen Speichen knarren im Wehr.

Bei Eichendorff heißt es:

> Hör' ich das Mühlrad gehen:
> Ich weiß nicht, was ich will –
> Ich möcht am liebsten sterben,
> Da wär's auf einmal still!

Aber Du kennst sicher nur:
Es klappert die Mühle am rauschenden – Wind.

Jedenfalls sah uns der alte Herr draußen sitzen und bat uns herein. Wir erlebten, wie die vom Wasserrad getriebene Stampfe polterte und sprang. Allerdings kann einem ganz schlecht werden, wenn man dabei zusieht, wie der Müller so eine Stampfe aushebt, um das Zerstampfte aus der darunter befindlichen Mulde zu nehmen. Immer denke ich: Wenn jetzt die Stampfe aushakt und dem Müller auf die Hand fällt!!«

Ja, bei Gerüchten über Mühlenkatastrophen und Unglücke erschauerte der Chefwanderer schon immer – ein bißchen gruselig mußte eine Mühle sein, irgendeine historisch belegte Leiche steigerte den morbiden Wert.

Nachdem Chefi den Kaffee, die prallen Schenkel der Müllersenkelin und die zunehmende Klapprigkeit von Mühle und Müller hinreichend plastisch beschrieben hatte, erfuhr ich das Wesentliche:

»... Der alte Müller wäre nicht abgeneigt, mir die Mühle zu verkaufen. Entsprechend äußerte er sich, nachdem ich etwas hinterhältig, das will ich zugeben, gefragt hatte, was denn aus der Mühle werden würde, wenn er nicht mehr so mobil wäre wie jetzt. Ich hörte von den Hausbauplänen der jüngsten Tochter und des Schwiegersohns. Beide wollen weg aus dem Tal hinauf in das Dorf. Für den Müller allein ist dann die Mühle zu groß. Er könnte mitziehen ins Dorf. Das wäre den Kindern sogar recht, weil sie dann für den Bau einen Haustyp bestellen dürften mit einem Zimmer mehr. Du kennst ja meine Ambitionen. Ich würde gern in die Einsamkeit ziehen, da fände ich Ruhe. Arbeit findet sich bestimmt.«

Es folgten Ausführungen zu Plänen für die kommenden zwanzig Jahre, die ich dem Chefwanderer zwar gönnte – aber seine Neigung zur Schwärmerei dürfte dann, wenn er selbst entscheiden und zupacken müßte, zu beständigen Enttäuschungen für ihn und andere führen.

Seine Frau und die Kinderschar würden schon mitziehen, sie waren reichlich romantisch infiziert, was kein Fehler sein muß, aber seine Vorstellungen darüber, wovon er die Familie dort im Tal ernähren wollte, schienen mir recht nebulös.

Ich bin für ihn nicht verantwortlich; dieser Vorzug der Ungebundenheit schleppt den Nachteil der Ohnmacht einem Phantasten gegenüber mit sich. Dieser Chefwanderer lebt in geordneten Verhältnissen, in Geborgenheit, dafür muß er ökonomisch genau kalkulieren. Gerade das liegt ihm nicht. Mit der Hochzeit übernahm seine Frau diese Aufgabe.

Tragikurios ergibt sich die Diskrepanz zwischen den zwar viel älteren Rechten des Chefwanderers am Mühlengeschehen und meinem halb durch Zufall erlangten mobilen Domizil.

Das scheint den Chefwanderer zu wurmen.

BRIEF AN CHRISTINE

Als wir beide am Ende einer langen Mühlennacht in unserm Versteck langsam zur Ruhe kamen, trotz glücklichster Erschöpfung aber keinen Schlaf finden konnten, wanderten wir psychisch erst im Schlendergang und dann immer energischer durch manches thematische Gestrüpp.

Die Morgendräue runzelte den Horizont, sie erwartete uns eigentlich in innigster Gemeinsamkeit, entdeckte uns aber in gemeinsamer Zerrissenheit.

Unser beider Wochenendabschied geriet dann auch zur fast verzweifelten Umklammerung, von der wir nicht wußten, ob ihre Ursache Angst oder Sentimentalität war.

Ich schrieb ihr nun, sie solle nicht erschrecken, wenn ich ihr einen vermutlich ziemlich lang werdenden Brief hinterherschicke. Wenn man etwas aufschreiben müßte, überdächte man vieles, was so durch den Kopf wabere, gründlicher als beim Plappern.

Und weiter:

». . . Ich habe Dir schon gesagt, wie mir Deine kaum vorhandene Freude über Fortschritte an der Mühle auffällt.

Wir haben uns darüber ausgesprochen – was nichts ändert.

Das macht mich traurig.

Am Sonntag befürchtetest Du, die Mühle könnte *zu* gemütlich werden, und dann »müßtest Du fast ganz« hier rausziehen. Vor mehr als einem Jahr, wir kannten uns nur aus Deiner Lötfett-Schmelze und aus der Kantine, hörte ich von Dir am Telefon, Du würdest auch gerne radfahren und zu Fuß gehen. Du hast das, wie ich nun weiß, aus einem Grunde gesagt, für den Du heute und immer einen Kuß extra verdienst.

Sind Lügen aus Liebe, Liebeslügen, Notlügen? Egal: Es zieht Dich nicht in den Wald.

Das alles macht nichts. Leute in Deinem Alter, Deinem nicht vorhandenen Alter, interessieren sich eben mehr für Schaufenster als für die wilde verwegene Jagd. Jedenfalls nicht für jene, die durch die Bäume rauscht.

Ich bemühe mich, Dir die Mühle so angenehm wie möglich herzurichten. Erstens, weil Dich Dein Beruf innerhalb der Woche genug belastet, und zweitens mit dem Hintergedanken, Dir die Mühle ein bißchen ans Herz wachsen zu lassen.

Ist das schon zu väterlich?

Wir haben im Eulennest angefangen, einem Schlafquartier in luftiger Höhe, dessen Unbequemlichkeit, Romantik und absolute Einmaligkeit sich niemand außer uns beiden auch nur im geringsten vorzustellen vermag. Jetzt hausen wir bequemer, bürgerlicher allerdings, das leugne ich nicht.

Ich sag's noch einmal: Seitdem ich spüre, wie wenig Dich hier draußen von dem freut, was ich für Erfolge halte, macht die Bauerei bloß den halben Spaß. Was Dich nicht freut, freut mich auch nur halb. Du hast mich samt Mühle kennengelernt, konntest prüfen, was sie mir bedeutet. Die Feststellung, man müßte mit einem Menschen nicht unbedingt viele Jahre zusammenleben, um ihn kennenzulernen, stammt immerhin von Dir. Ich schließe mich dieser Weisheit gern an. Die Mühle spielt unmöglich die Rolle einer Wochenendlaube für mich. Dann hielte sie nicht mehr lange. Die Liebste braucht tägliche Liebe. Auch die Mühle.

Von Deinem alten Schwur, nie wieder aufs Land zu ziehen, erfuhr ich erst neulich, so plötzlich wie enttäuschend; zumal ich erhebliche Unterschiede sehe zwischen Deinem Heimatdorf Altacker-dort-hinten-wo-gar-nichts-mehr-kommt und Mahlow. Binnen einer Stunde erreichen wir unsere über die Grenzen hinaus bekannte Weltstadt sogar mit öffentlichen Verkehrsmitteln. Die Mühle wird nie ganz fertig werden, klar, denn sie ist kein toter Gegenstand, sondern mehr ein Saurier. Ein lebendes Wesen aber wird bekanntlich nie fertig.

Schon bis zum Vorhandensein üblichen Alltagskomforts oder entsprechender Ersatzvarianten müssen viele Schwierigkeiten übers Ohr gehauen werden, die noch unbekannterweise vor uns stehen. Nicht nur, weil irgendwelches Material fehlen könnte, vielmehr zwingt uns jede Kleinigkeit eine neue Idee ab, weil in diesem sich ständig drehenden Monstrum wenig von dem gilt, was in einem festen Haus erprobt wurde.

Ich möchte den Kontakt zur Stadt nicht verlieren, ein Verzicht wäre dumm. Ich möchte ihn jedoch gern eine Gelegenheitsliebe nennen. Du sagst, ich wäre in Deiner heimischen Behausung ›bloß zu Besuch‹ – dort, wo ich immer noch und nur einen Kleiderbügel beanspruche. Ich wiederum hätte nie vorher gedacht, mich als Vorstadtkind in einem siebzigjährigen Hinterhof so wohl fühlen zu können.

An wem mag das wohl liegen?

Aber auf die Dauer brauche ich meinen speziellen Krempel, den niemand aufräumt außer mir. In Deinem Zimmer herrscht frauliche Ordnung, in der ich mich zu Hause fühle, weil sie nicht pedantisch betrieben wird, in der aber andere Gesetze walten als in meinem Mühlenchaos. In einer Wohnung, in der zwei richtig zusammen wohnen sollen, so was werden wir ja bald für unsere beiden amtlicherseits zugestandenen Einzimmerwohnungen eintauschen können, muß jeder sein Eckchen haben, jeder eine Tür hinter sich zuziehen können, wenn er will.

Eine ganz mutige Frage: Benötigt man zum gemeinsamen Glück mehrere Wohnungen?

Wir durchlebten ein zwar interessantes, aber vor allem sehr zerrissenes Jahr. Keine gemeinsame richtige Bleibe, mal hier, mal da. Kein richtiger Urlaub, immer ging was

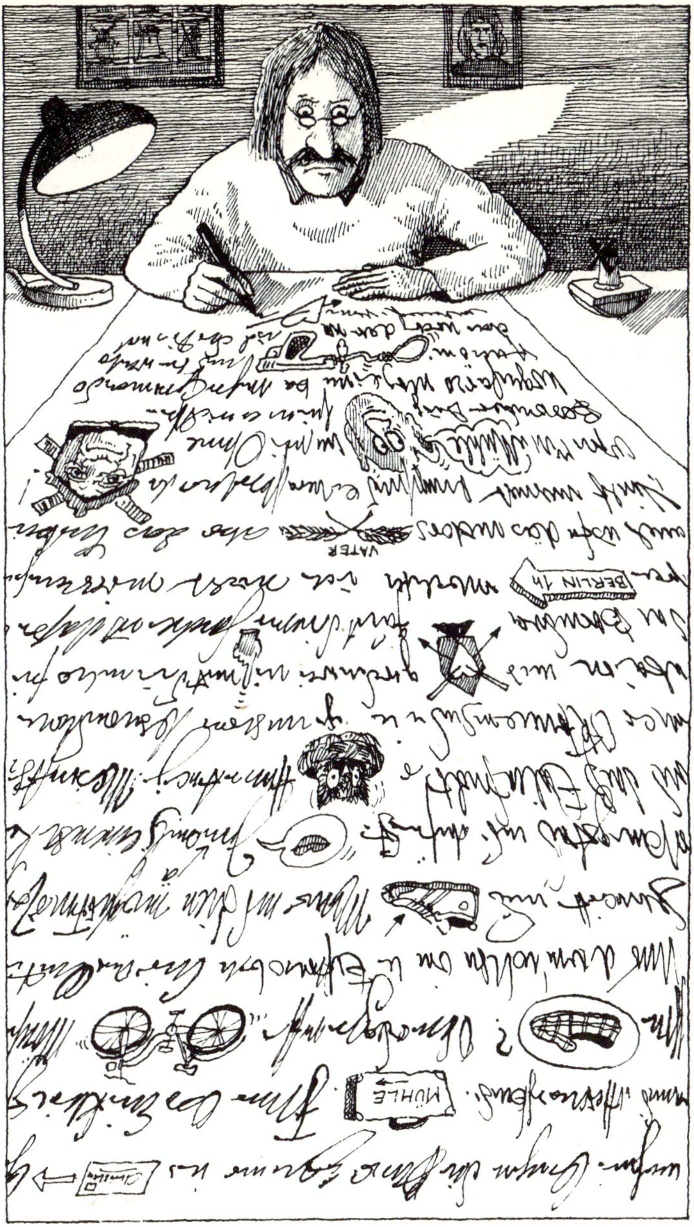
VATER
BERLIN 1h
MÜHLE

schief. Und bedenke: nicht in jedem Jahr stirbt der letzte Familienvorstand der vorangegangenen Generation, der eigene Vater. Das ändert und beeinflußt viel. Dieses gerade abgelöste Jahr mußte deshalb weniger erfreulich verlaufen, wenn es auch für uns zwei noch sehr erfreulich endete.

Aber dieser Brief befaßt sich mit uns zweien – und der Mühle: Alle möglichen Leute loben wer weiß wie unser (das heißt, bis jetzt immer noch nur ›mein‹) hölzernes Monstrum. Das schmeichelt. Dir, besonders Dir, soll die Mühle gefallen, das wiegt keine Schmeichelei auf. Vielleicht hoffst Du sogar, mir Mahlow später ausreden zu können. Das kannst Du eigentlich gar nicht hoffen, soweit mußt Du mich kennen.

Oder bist Du gar ein bißchen eifersüchtig auf die Mühle?

Ja, diese ächzende dicke Dame kann meiner Liebe sicher sein. Ich muß sie öfter mal sehen, sonst denke ich, sie wird mir untreu mit den Stürmen oder bricht sich einen Flügel. Sie bewegt ganz andere Aminosäuren als das Zusammensein mit Dir. Sie spielt die Rolle einer mütterlichen Freundin, die sich bereithält, uns beide zu bemuttern.

Gib's zu: Von der Windmühle zu erzählen und die Leute dann staunen und neiden zu sehen, dieser kleinen Abartigkeit frönst auch Du. Die Mühle schlägt eben als Angeberei jede sonstige Zurschaustellung von Wohlstand und Extravaganz. Standardkomfort, Auto, Buntfernseher, Recorder und aller modischer Schnickschnack schaden sogar meiner Meinung nach der Menschheit kaum oder nicht.

Eine Welt von der Stange.

Hätte das sogenannte Leben sonst nichts zu bieten, bliebe mir nur ein Selbstschuß mit giftigem Strick. Manchmal bin ich eben melancholisch.

Einigen Deiner Verwandten ist Dein »Momentaner« zu

alt und zu schief, die Mühle als Hochzeits-Feierort zu poplig. Aber was haben sie nach einem arbeitsreichen Leben? Für meine Begriffe ein ungewöhnlich bescheidenes Dasein, bescheidener vor allem, als die Umstände erlauben. Ja, sie sind durch sehr bewegte Jahre gegangen, durch schwere Jahre. Vielleicht verlernten sie damals, auch zu genießen, weil so lange nichts zu genießen war. Vermutlich sind sie sogar einigermaßen zufrieden. Viele Leute schützen ihr Scheckheft vor allem Ungemach. Man soll es hüten, aber vor allem soll man seiner eigenen Phantasie und Denkfähigkeit nichts zustoßen lassen, sich Abenteuer selber bauen, wenn einem die zufälligen nicht genügen.

Vielen Leuten gefällt nichts richtig, nie freuen sie sich richtig, Vorzeigenkönnen beschäftigt sie hauptsächlich, und das im Wettbewerb mit dem Nachbarn. Woher mag der bloß das neue, größere Auto haben, wovon hat er's bezahlt?

Ich werfe das keinem vor, dazu habe ich kein Recht. Viele wachsen so auf. Einer richtet sich beim Einbau der Fenster in sein Haus nach dem Lauf der Straße, ein anderer nach dem Lauf der Sonne. Das wird wohl eine Frage des Horizonts sein.

Du sollst mich nicht bestaunen, das weißt Du. Du tust es ja Gott sei Dank sowieso nicht. Das Leben mit mir wird nicht bequem sein, aber hoffentlich nicht langweilig. Je älter, desto weniger anpassungsfähig – das beschäftigt mich außerdem.

Leute, die Phantasie für ihr Leben brauchen, sogar zum Beruf, können nicht leben wie Beamte – ob die so heißen oder nicht. Eine Trennung von Arbeit und Privatleben kenne ich nicht, will ich auch nicht. Insofern hast Du mit mir vielleicht danebengegriffen. Ich allerdings mit Dir nicht, denn ich liebe Dich nicht etwa trotzdem, sondern überhaupt.

Und zwar sehr.

Sehr.«

Nachdem ich diesen Brief in den gelben Kasten plumpsen ließ, ohne ihn nochmals zu lesen (wer tut das, nach Mitternacht), verfertigte ich nach der Rückkehr vom Weg zum Kasten ein paar Holperverse. Der Brief war weg, aber die Beschwörung blieb.

Ich kann nicht bei Sonne die Federn wärmen.
Wach endlich auf, willst du mich nicht verlieren!
Ohne Wind um die Nase muß ich verhärmen,
im Zimmer am Ofen, da werd' ich erfrieren.

Ich kann nicht bei Sonne die Schafe zählen. –
Da wachst du auf. Kommst für fünf Minuten
zu mir herüber – und ich will nicht mehr wählen.
Wir bleiben beisammen, trotz der Sonne, der guten.

Ich kann nicht bei Sonne die Federn wärmen.
Bist heut nicht da. Hab' mehr Zeit nun als nötig
dort, wo im kalten Tage die Stare lärmen.
Der späten Heimkehr zeigt sich der Ofen erbötig.

MÜLLERS FRITZE IS WIEDER DA

Sigge Sperling (der wütende Golem-Sigge vom Bau, der zum Greizer Viereckrennen floh) hat seine drei besoffenen Tage. Der besoffene Sperling am Sonnabend. Vom Frühlings-Frühstückstisch aus, mit Blick durch das Schuppenfenster, sehe ich ihn am Gartentor klinken. Der Schlüssel steckt innen, es ist also nicht »ab«geschlossen, sondern nur »rum«geschlossen. Er bemerkt das aber nicht. Mit sichtlich unsicherem Schritt gummistiefelt er weiter zum nächsten Nachbarn, dem eisernen Gustav, der, entsprechend seinem Spitznamen, Opa Osse noch nicht folgen will. Der Eiserne hat keine Zeit für so was. Er gräbt und buddelt nur nachts nicht wegen schlechter Sicht. Fraglich bleibt, ob er sich zu seinem kurz bevorstehenden neunzigsten Geburtstag für ein halbes Kaffeestündchen von seiner Gartenarbeit frei machen kann. Mit ihm plaudert Sperling. Dann verschwinden beide auf Gustavs Grundstück hinterm Haus; ich verliere sie aus dem Gesichtsfeld.

Zusammen mit der Frühlingssonne schlendern zu dieser Zeit, in der Hausfrauen Männer und Kinder hinauswerfen, damit sie nicht zwischen den dampfenden Kochtöpfen herumstehen, also gegen elf Uhr, einige erste Urlauber oder Wochenendler zur Mühle herüber. Ich gehe zum Tor, lasse die Leute herein, steige mit ihnen auf die Mühle und erkläre gerade die Mühlengeister oder die Mischfutterproduktion – da stapft Sperling, der bekannte und gewichtige Schauspieler mit dem so süffigen wie sperlingschen Lächeln, die Stiege hoch und hört schweigend und aus Fahnengründen Abstand haltend dem Mühlenvortrag zu.

7
ORSICHT!
SSIGER
HUND
NICHT
REIZEN!
S.SPERLING
Briefträger andere Straßenseite benutz
Sigge
FETZER

Der Besuch geht irgendwann. Mit Sperling bin ich auch schon bis zum Tor gekommen, als er fragt, ob wir nicht noch einen zur Brust nehmen sollten. Ich lüge, daß alles alle sei, was er völlig richtig sofort als Lüge bezeichnet. So was wäre auf der Mühle gänzlich neu. Also kehren wir um, füllen zwei Gläser, füllen zwei Gläser, füllen ... dann weigere ich mich. Sperling füllt sein Glas selber auf.

Nach einigem allgemeinen Gewäsch fragt er plötzlich, warum ich nicht mehr zu ihnen käme, ob sie aufdringlich gewesen seien.

»Nö, wieso?«

Sperlings Hof besuchte ich genauso oft oder wenig wie den anderer Mahlower – vielleicht etwas weniger als vorher, seitdem sein Hofhund mir in den Pullover sprang, was alle außer mir lustig fanden. Zu Leuten mit »Vorsicht, Hund«-Schildern gehe ich ungern, das will ich zugeben, denn was heißt »Vorsicht«? Diese kann ja nur darin bestehen, den Hof nicht zu betreten. Betritt man den Hof und stürzt der Hund herbei, darf man diesem nichts tun, weil das den Hausherrn und Hundehalter verdrießlich stimmen könnte. Entweder ist der Hund an der Kette – dann ist Vorsicht unnötig (von außen durch die Bretter oder Mauer erkennt man schlecht den dem Hund zugesprochenen Freiheitsgrad innerhalb des autonomen Hofgebietes), oder aber der Hund rennt durch die Gegend, oft erkennbar am wütenden Kratzen an der Innenseite der Hoftür. Dann wartet man besser, bis jemand aus dem Fenster schaut, der nach des Besuchers Begehr fragt. Das Fenster wird geschlossen, eine Pause tritt ein, gefüllt vom Hundebellen, dann kommt jemand schlüsselklappernd (abends) oder bloß so zum Tor, beschimpft den Hund, öffnet einen Spalt, erklärt den Hund als ungefährlich, woraufhin dieser als Beweis der Zutraulichkeit ein Stück vom Besuchspullover abreißt. Der Spalt unter den Hoftoren gewährt dem Hund zwar keine freie Sicht, aber für die Nase, die den Besucher geruchsmäßig identifiziert, reicht er aus.

Mit andern Worten, es kann schon sein, daß ich wirklich lange nicht bei Sperlings war.

Plötzlich, ohne Übergang, kommt Sperling auf Norberts Geburtstag zu sprechen. Der bewußte Geburtstag liegt über ein Jahr zurück, scheint ihn jedoch zu beschäftigen.

Sperlings Sohn Norbert zog damals mit der ganzen gleichaltrigen Geburtstagsgesellschaft samt einer großen Stullenplatte und etlicher Pullen gegen Abend zur Mühle. Die Runde wollte Norberts Zwanzigsten beim Müller weiterfeiern, was vorher locker vereinbart worden war.

Die erste Feier auf der Mühle überhaupt.

Nun fragt mich Sperling: »Norbert sagte, wir gehen auf die Mühle, Geburtstag feiern. – Konnte er da nicht sagen: Vater, komm mit?«

Pause. Blick nicht ins Glas, sondern zu mir.

»Das ganz Leben bloß rumwirtschaften – und was hat man davon?« Schluck.

Doppelkorn-Melancholie, denn so fürchterlich schlecht geht es Sperling ja nun wieder nicht.

Ganz unvermittelt: »Hast du Eltern?«

Ja, ich habe.

Nun aber doch ein Blick ins leere Glas, ohne nachzufüllen. Er hat nie von sich erzählt, er weiß sicher nicht, daß ich ein bißchen was weiß.

Der kleine Große, also der mit dem Pony, war längst vom Hof und auf dem seiner Schwiegereltern. Der erheblich jüngere Sperling stand mit vierzehn Jahren allein auf dem Hof seiner Eltern, wie das bei Kriegsenden manchmal so kommt. Schwer gearbeitet hat er, Lehrer wollte er werden, Schmied lernte er, Trecker fährt er. Trecker privat, Trecker bei der Genossenschaft, Trecker bei der unübersehbaren Übergenossenschaft, Trecker bei der jetzt wieder kleineren, überschaubaren Genossenschaft. Vom Bullen im Stall und dem kleinen Acker hinterm Haus schrieb ich schon.

Jetzt erklärt Sperling, warum er überhaupt zur Mühle

kam. Er hätte die Flügel sich drehen sehen. Er weiß wie ich: Die Flügel drehen sich nur zum Spaß, treiben leere Mühlsteine (was sich ändern kann), sollen sich heute allerdings nach dem gestrigen Regen trockendrehen.

Sperling liebt den Anblick von Himmel, Wolken, Erde, sich im Sturm beugenden Bäumen, die sich bewegenden Flügel der Mühle. Alles zusammen verursacht glücklich-sentimentale Wehmut, die nur Leute kennen, denen Natur zweite Natur bedeutet, wenn ich das mal so kitschig in Worte setzen darf.

Die Mühle spielt nicht die Rolle eines modisch-altmodischen Spielzeugs, verkörpert nicht das Sehnen nach angeblich fürchterlich guten alten Zeiten, sie erfüllt ein bißchen die Funktion einer Kirche für Naturreligion.

Für Aufgeklärte in glasklaren psychologischen Verhältnissen: Die Mühle spielt die Rolle eines Symbols landwirtschaftlicher Positivtradition.

Sperling sagt, er müßte die Leute ernähren.

Nicht man, sondern er.

Als die Flügel sich vor einiger Zeit nach viel längerer Zeit zum ersten Mal wieder bewegten, hatte er zu seiner Frau gesagt: »Guck mal, Mutter, Müllers Fritze is wieder da!«

Er fragte die Fahrer der Düngerstreuer, ob sie auch gesehen hätten, daß sich die Flügel wieder drehten.

Die Antwort: »Wo, was, wieso?«

Sie mußten die Spur halten, der Kalk sollte schnell zwischen den Winterroggen, da schaut niemand hoch, das schadet der Norm.

Sperling sieht jeden Tag nach, ob das Bullenfutter wächst; er bückt sich, zerkrümelt Erde, oder er steht am Geländer über dem Fließ und hört sich das Plätschern an. Für ihn lebt die Erde, er muß sie berühren.

Sperling gähnt, seufzt, nein, seufzt erst und gähnt dann, reckt sich, haut mit der flachen Hand auf den Tisch, erhebt sich ächzend und stellt fest, daß es hier eigentlich viel zu gemütlich sei, um schon wieder zu gehen. Trotzdem.

Am Tor verabschieden wir uns.

Leicht nach vorn gebeugt, Blick und sperlingsches Lächeln halb nach vorn unten, halb nach innen gerichtet, die Hände in den Taschen des ältesten Arbeitszeugs, so schleicht er den Mühlenweg zur Straße hinüber.

Er dreht sich nicht um.

Irgendwas stimmt nicht am Bild vom besoffenen Sperling. Ach ja, seine Mütze hat er vergessen.

Das nächste Mal muß ich anderen Schnaps eingießen, solchen, der die Mundwinkel an die Ohren zieht, sonst rutscht diese Menschen- und Mühlenaffäre in händeringendes Gejammer ab, was bisher nur mühsam unterblieb.

Aber siehe da, weitere Urlauber halten wohl den davonschleichenden Sperling für den letzten erschöpften Nachzügler einer gewesenen Mühlenbesichtigung. Sie biegen zum Mühlenweg ein und schreiten forschen Schritts auf mich zu. Es sind übrigens Lehrer. Gut, daß Sperling auf und davon ist.

In den Ortschaften rund um die Mühle herrscht in den heizungsfreien Monaten Ferienklima. Die Autokennzeichen und Fotoapparate, das Spaziergängertempo, die Kofferheulen und Dialekte verbreiten Urlaubsatmosphäre.

Laube an Laube oder, moderner ausgedrückt, Ferienobjekt an Ferienobjekt schießt aus dem Boden, zwischen den Objekten kaum noch Boden, immer mehr Leute und Betriebe investieren ihr Geld, die Kommunen brauchen welches.

Unsere Gegend besteht aus Wald, Wasser, Wiesen, drei Kneipen, einem Bahnhof und einem Konsum. Keine exotischen Attraktionen. Also was tun, sollten Urlauber nach Kultur verlangen? So was kommt eben doch vor. Lichtbilder, Disko, Zeltkino – ja, und was noch?

Schöne ruhige Gegend.

Ohne mich zu fragen, ob es mir recht wäre, priesen die Tourismus-Experten im Nachbardorf in ihrer Not auch meine Mühle als Ausflugsziel an. Zwar gelang es mir, ein offizielles Dementi zu erreichen, aber die Flüsterpropaganda wirkte weiter. So nahm der Besucherstrom, weil ich ungern jemanden vor der Tür stehen lasse, mit der Zeit Ausmaße an, die innerfamiliäre Zwistigkeiten zur Folge haben mußten. Nun versuchte ich die Flut abzufangen. Im Vorjahr zum Beispiel mit ganz kleinen Schildchen am Zaun, obgleich ich Verbotsschilder nicht mag, weil deren Angebot allgemein ausreicht und weil ich unter Verbotsschildern wiederum die »Privat«-Schilder besonders geringschätze. Aber in unsern Breiten erreichen derlei Schrifttafeln wirklich erstaunliche Wirkungen, ähnlich wie befehlsmäßig geäußerte Aufforderungen zum Zusammenrücken in überfüllten Straßenbahnen. Von selbst kommen viele nicht auf den Gedanken, Platz für andere zu schaffen, die nach ihnen kamen. So regeln eben auch Verbotsschilder vieles und ersparen individuelle Denkvorgänge.

Mit der Zeit habe ich gelernt, schon auf hundert Meter Entfernung – so lang ist der Mühlenweg zur Straße – die innere Struktur und Hierarchie eines Urlauberkommandos zu erkennen. Ich verteile skrupellos die anbrandenden Spaziergänger in empirisch entstandene sozialwissenschaftliche Kategorien. Da hätten wir zuerst die üblichste, wenn auch nicht unbedingt wertvollste Kategorie:

Die Autofahrer.

So.

Damit habe ich es mir erst einmal mit allen Leuten außer mir verdorben.

Ich meine aber jene Sorte, die das Ding wie einen Rollstuhl benutzt. Nur zum Essen und dessen Gegenteil verlassen sie ihre Festung freiwillig, aber ungern; zum Essen schon nicht immer. Die Autofahrer, also nicht »die«, sondern »jene«, fahren gleich bis an den Zaun am Mühlenende des Mühlenweges, schalten auf den hundert Metern Feldweg nach dem Abbiegen von der Straße möglichst noch einmal hoch, bremsen scharf und lesen den bleistiftgeschriebenen Zettel am Tor; schon das zweite Wort darauf als Provokation begreifend:

Liebe Spaziergänger!

Falls das Tor offensteht und Sie eine Frage haben, so kommen Sie herein. Falls das Tor zugeschlagen ist, umschleichen Sie uns bitte nicht am Zaun entlang.

Vielen Dank –
auch dafür, daß Sie Ihr Auto
an der Straße
stehengelassen haben.

Es folgt eine Beratung im Limousinengehäuse. Die unklare Lage ergibt sich aus dem Text: Verboten oder nicht? Was bedeutet der selten vorkommende Gebrauch der Worte »bitte« und »danke«?

Verfaßte die wolkige Mitteilung eine Behörde oder ein Mensch ohne Stempelberechtigung?

Man meide besser Situationen mit undeutlichen Machtverhältnissen.

Diesem Ergebnis der Beratung folgt, begleitet von mürrischen Blicken aufs Mühlengehäuse, ein umständliches, weil schaltreiches Wendemanöver, verbunden mit lautem Hinter-, Zwischen- und Vordergas. Wer stößt schon gern hundert Meter Feldweg zurück oder kann das überhaupt?

Frisch gewendet saust das Auto davon.

Diese Leute bin ich am schnellsten los.

Einige dieser blechgepanzerten Gäste empfinden den Zettelhinweis selbstkritisch. Sie parken ihr Auto nach Umkehr an der Straße, steigen aus, machen sich landfein und verwandeln sich damit in Besucher einer gehobeneren Kategorie, nämlich in Fastfußgänger. Außerdem ziehe ich aus der selbstkritischen Haltung bereits den Schluß, daß keine Leiterpersönlichkeit auf mich zukommt.

Zwischen diesen Fastfußgängern und richtigen Fußgängern existiert eine mit positiver Kennung versehene Gruppe von Freizeitverbringern, die gleich, also freiwillig oder einfach aus Zurückhaltung oder wegen sonstiger schrulliger Anwandlungen, ihr Auto an der Straße stehenläßt, um den Weg zur Mühle mit Muße zu wandeln. Sie empfindet den bewußten Zettel am Tor als Anerkennung.

Und wirklich, diese Leute sehen anders aus als jene, die mit dem Auto, nein: Wagen bis vors Tor preschen.

Der wahre Adel, das deutete sich schon reichlich an, das ist der echte Fußgänger, der womöglich die ganzen zwei Kilometer von seinem Urlaubsquartier bis zur Mühle ohne motorische Hilfskräfte bewältigt hat. Diesem Hochadel mag aus Gründen der Entkomplizierung der kurzzeitig geadelte Fastfußgänger-Automensch beigesellt werden.

Wo Adel behauptet wird, kann es auch nicht an verkrachtem Adel fehlen: Hurtig schreiten manche schnur und stracks zur Mühlenrampe, rufen laut nach der Wirtschaft, wundern sich über Mangel an Bierdunst, der eigentlich aus der Mühle quellen müßte, erwarten als Trost für die gastronomische Enttäuschung, wenn nicht sogar Täuschung, wenigstens die Besichtigung des Mühleninnern, vielleicht in der Hoffnung, irgendwo doch einen Zapfhahn zu entdecken. Bei Nichterfüllung ihrer Forderungen, was zum Kummer von Christine (jaja, zum Glück hat sich alles wieder eingerenkt, trotz Mühlengetümmel) zu selten vorkommt, entfernen sich diese Mühlenfreunde widerwillig, häßliche Brocken murmelnd.

Unerwähnt blieb bislang die Radfahrergilde, also meine eigene Kategorie. Nein, nicht meine, meine ich, sondern jene, der ich mich zugehörig fühle. Diese Gruppierung kann aber getrost den Fußgängern beigegeben werden. Radfahrer allerdings führen gelegentlich – trotz so geringen Fahrkomforts – einen Hauch von Hektik mit sich, weil sie oft einen Fahrplan verfolgen, der keine Mühlenstation enthält.

Ernst zu nehmende Fußgänger benehmen sich folgendermaßen: Die Frauen unterhalten sich offenbar über Frisuren, Blusen und Kinder; sie folgen irgendwie intuitiv ihren um etliche Meter vorauseilenden Männern, die einander bereits aus der Ferne gestenreich die Mühlenfunktionen erläutern. Am Mühlenweg angekommen, biegen sie einigermaßen entschlossen von der Straße ab. Diese Leute haben gehört oder wissen, die Mühle wäre zu besichtigen.

Gleich über dem Briefkasten, unmittelbar an der Straße, befindet sich mein pflichtgemäßes Begrüßungsschild, dessen Text den Gast nur mäßig freundlich empfängt:

...BIER HER BIER HER- ODER ICH FALL UM!
KANNST FAHREN
PLATZ DA!
KEIN ÖFFENTLICHER WEG!
FUSSGÄNGER! BETRETEN DES MÜHLENGELÄNDES AUF EIGENE GEFAHR! BITTE NICHTS VON DER MÜHLE ABMONTIEREN!
DIE STEINE SIND KEIN KLAUMATERIAL BITTE LIEGEN LASSEN

Betreten des Mühlengeländes
auf eigene Gefahr –
Kein öffentlicher Weg

Diese Warnung dient mir als strikte Abweisung aller an mich gerichteten Schadenersatzansprüche bei gebrochenen Knochen, verstauchten Füßen oder verschwundenen Brieftaschen. Wer diesen gefährlichen Weg betritt, soll wissen, daß er sich öffentlich-rechtlicher Obhut entblößt.

Es sondern sich die Zaghaften von den Wagemutigen.

Prescht kein Heerführer vor, bleibt das Grüppchen also monolithisch, so getraut sich offenbar keiner näher heran, und alle kehren um. Sie mißtrauen ihren Informanten, die Besichtigungs-Selbstverständlichkeit für die Mühle versprachen. Auf »eigene Gefahr« – nein, lieber nicht.

Verlassen wir die uns vorzeitig verlassenden Zaghaften, widmen wir uns den Risikobereiten. Sie schreiten unbeirrbar aus.

Nun gibt es wieder die berühmten zwei Möglichkeiten. Die erste heißt: Das Tor ist zugeschlagen.

Die Gruppe liest die bereits zitierte Bittschrift am Zaun, unterhält sich, die Arme auf die Zaunlatten stützend, über die Mühle, einer zeigt und erklärt wasauchimmer.

Dann gehen alle zögernd. Dabei bleiben sie auf dem Weg zur Straße stehen und drehen sich um. Die Lage könnte sich immer noch ändern, hoffen sie.

Angesichts dieser Situation greift mein schlechtes Gewissen um sich, wenn auch eigentlich grundlos. Ich kann ja unmöglich ununterbrochen wildfremden Leuten die Mühle zeigen, ich kann nicht jedwedes übrige Leben samt Christine aufgeben. Erklären kann ich das ebenfalls nicht dauernd, weil damit die Zeit genauso draufginge. »Du hast schon ein schweres Lebenslos gezogen«, spricht Christine, mich in derlei Jammerfällen mit ungeheurem Mitgefühl verhöhnend.

Nun denn zur zweiten Möglichkeit: Das Tor steht offen.

Man schlendert um die Mühle und spricht uns an: »Kann man die Mühle besichtigen?«

Schon schlecht.

In solchem Moment verdreht Christine gleich die Augen und verschwindet lieber schnell um eine der wenigen Ecken. Meine pädagogischen Maßnahmen gegen harmlose Fußgänger erträgt sie nicht mehr. Besonders aufdringlich artikuliere ich nämlich einen »Guten Tag«, weil ich diese harmlose Floskel nicht missen möchte. Keinen schlechten Tag vorausgesetzt, spalten sich die Fußgänger erneut in verschiedene Fraktionen.

Einerseits rechnen diejenigen, welche entschlossen von der Straße abgebogen waren, fest mit einer guten Führung durch die Mühle, andererseits wollen andere wirklich nur fragen, was aus der Mühle werden soll oder welchem Zweck sie jetzt dient.

Die Nurfrager verraten durch gewisses Zögern oder Nichtzögern sowie einen steten oder unsteten Blick in der Stimme, ob sie eigentlich ganz gern reingeschaut hätten oder ihnen die Auskunft genügt.

Die Zögerer fordere ich meistens zu einer Mühlenbesichtigung auf.

Aus Gründen nötiger Distanz möchte ich an dieser Stelle der atemberaubenden Schilderung folgende Bemerkung gern einschieben:

Aus dem Be- und Geschilderten läßt sich leicht Jimmys Arroganz (man beachte die Verwendung der dritten Person) erkennen. Er benimmt sich wie ein Verkäufer, der über Bückware verfügt. Er behauptet allerdings, die interessiertesten Leute seien jene, die sich über eine nicht als selbstverständlich erwartete Besichtigung freuen.

Richtig bleibt dabei die Unvermeidlichkeit beiderseitiger guter Laune. Da kann dann leicht ein ganzes oder gar anderthalbes Stündchen vergehen, bevor mich Christine auf festem Boden wiedersieht.

Als härteste Schicksalsschläge für Christine erweisen sich Besucher, die etwas über andere Mühlen wissen; der Gipfel der Katastrophe sind andere Mühlenbesitzer oder gar »andere« Müller. Der Tag ist hin.

Wetter und Tageszeit spielen in puncto Besucherandrang eine erhebliche Rolle. Mieses Badewetter ist gutes Mühlenwetter, besonders zwischen halb fünf und halb sieben, also zwischen Vesper und Abendbrot. –

Nun ja, das war's dann wohl, abgesehen von zwei einzelnen Herren, Don Camillo und Peppone.

Ja schon, das war damals kein einheimischer Film, der diesen Titel trug. Wäre es so schlimm, wenn herauskäme, daß so was im Riewendter Ländchen tatsächlich geschieht? Natürlich nur als ganz und gar untypische Ausnahme!

Denn zwischen den beiden schwelt ein ewig dräuender Problembrand, jedoch mehr für den konfirmierten Parteisekretär Gottlieb als für den ehemaligen freien Jugendverbändler Pfarrer Engels. Steht beim Pfarrer Besuch ins Haus, ein Superintendent, Oberkirchenrat oder gar Bischof, vom Reverend aus Übersee ganz zu schweigen, so schließt Engels die Mühle in sein Kirchenbesichtigungsprogramm mit ein. Die Konfirmanden kommen, die Ministranten kommen, Nonnen und Junge Gemeinde melden sich.

Jugendverband, Jugendweihlinge und Parteilehrjahr kommen nicht. In Mühlen wird wohl zuwenig gekämpft. Mal der Kindergarten, mal eine Schulklasse aus dem Nachbardorf, selten eine Brigade (letzterer merkt man oft den fehlenden Kultur-Wettbewerbspunkt zur Wiedererringung des Titels an). Pfarrer Engels heizt seine Leute vorher mit allen ihm bekannten Mühlenschnurren an. Ihn frage ich nicht, warum er gerne kommt. Von Gottlieb aber wollte ich den Grund für seine Abstinenz wissen. Er tat erstaunt, bestritt entschieden und beantwortete nach dem zweiten Schnaps die Frage mit ziemlich vielen Worten auch nicht. Engels ging in solch diffizilen Fällen eigener Unsicherheit bravouröser vor. Die Bibel ist eben älter als das Manifest. Engels verfügt über wenigstens tausendjährige Routine. Parteisekretär Gottlieb ging in seinen sachdienlichen Ausführungen immerhin so weit, daß die protokollarischen Schwierigkeiten erkennbar wurden.

Eigentlich nämlich sieht die Mühle gut aus, ein Schmuck für Mahlow. Andererseits sähe er die Mühle lieber in Gemeinde- oder Museumshand. Kommune oder Museum allerdings hätten sicherlich Mittel, gemeint ist Geld, aber kaum Material noch Leute zur Mühlenrestaurierung aufbringen können, und amortisieren müßte sich das Ding als Café oder so. Leider schlug ein einzelner zu und verballerte sein eigenes Geld aus unerklärlichen Gründen. Einzelinitiative im real existierenden Fortschrittismus . . . jedenfalls, ein Kollektiv wäre besser gewesen. Natürlich nicht gerade die Junge Gemeinde!

Engels macht sich's leicht: Eine feste Burg ist unser Gott. Gottliebs Grundfesten geraten offenbar in diesem Falle ins Wackeln.

Was tun?

Tja, ich weiß nicht.

Mir fällt weder ein Zitat aus der einen noch aus der andern Schrift ein.

NOCH EINE BESICHTIGUNG

Christine und ich abendspazieren.

Einer kommt aus den Luchwiesen. Am ersten Straßenbaum, den er erreicht, lehnt er sich an.

Völlig verschwitzt, deutlich erschöpft.

So ungefähr siebzehn.

Er hängt zwischen Baum und Krücke.

Pardon: Stütze.

Jeder Schritt, den er getan hatte, sah aus, als wäre es der letzte, den er gerade noch zustande gebracht hätte; jeder Schritt ein Kampf mit dem labilen Körper.

Eigentlich wollen wir gerade abbiegen, dort, wo er aus dem Luch gekommen war. Aber das sähe aus, als wollten wir ihm aus dem Wege gehen, zumal er uns schon entgegensieht.

Vielleicht sollten wir den nächsten Bus zum Heim anhalten. »Nee, bloß Durscht. Bin fast in den Graben gefallen. Immer hingeflogen. Wollte durch die Wiesen zur Mühle . . .«

Er spricht angestrengt, jedes Wort Arbeit.

Völlig fertig von dem für ihn eigentlich unmöglichen Marsch, bei dem die Friedlichkeit der Wiesen trog, weil das freundliche Grün den Sumpf und die Wasserläufe verbirgt, will er jetzt vor allem seinen Brand löschen, hat aber kein Geld »bei sich«.

Ich könnte ihn in die Gaststätte einladen, doch wir wollen eigentlich in die Wiesen. Deshalb schlage ich ihm fünf Mark vor. Zwangsläufig läßt sein Einverständnis nicht auf sich warten.

Christine und ich gehen weiter. Der Abschied fällt ihm

schwer, er sucht Anschluß. Ein schlechtes Gewissen stochert in mir herum. Und die fünf Mark hält Christine einerseits schon deshalb für weniger gut, weil daraus immerhin zehn Biere werden könnten, und andererseits sähe das fast wie ein Almosen aus. Aber in der Kneipe bleiben wir trotz unseres Umweges eher als der Luchwanderer hängen. Bald setzt er sich zu uns. Zwei Weiße mit Schuß und zwei Cola verschwinden sofort in ihm, begleitet von dem Wunsch, sich das Zeug am liebsten über den Kopf kippen zu dürfen.

Das Luch hatte mit dem Mühlenbild gelockt. Der Sumpf, diese fleischfressende Pflanze, wollte seinen Appetit stillen.

Fast wäre Wolfgang von den Fangarmen dieses stillen Ungeheuers, den Wassergräben, festgesogen worden.

Ausgang hat er bis vierundzwanzig Uhr.

Vorher würde ihn niemand vermissen.

Bis dahin hätte er schon fünf Stunden im Graben gelegen.

»Um mich is nich schade.«

Natürlich kommt bald heraus, daß wir die Leute von der Mühle sind. Und natürlich läßt er sich am nächsten Tag vom Bus vor der Mühle absetzen.

»Ick hab' schon jearbeitet. Stecker montiert. Aber ick bin faul. Und 'n Beruf hab' ick ooch jelernt: Taschendieb. Is janz einfach. Zigaretten und so. Ick rooch' ja nich, hab ick imma zurückjejeben. Nich imma, is klar, ooch vakooft.

Sechzehn bin ick.

Saach mal, wo issen die Kleene von jestan?

In den Heim, wo ick erst war, nach dem Kinderheim, hab' ick mit die Weiba jesoffen und so. Schwestanschülerinnen. Mußt nich denken, ick bin dazu noch zu jung.

Ja, ick bin neu uff'n Berg in'n Heim, seit drei Wochen.«

Er kommt nun häufiger. Damit er mir nicht die Treppe herunterfällt, wird der Mühlenaufzug umfunktioniert und mit einer Sitzgelegenheit versehen. Das macht ihm Spaß. Am liebsten fährt er nun unentwegt 'rauf und 'runter.

»Ick kann jeden Tag kommen.«

Mit langer Einleitung erkläre ich ihm etwas, das schwer zu erklären ist: Dort, wo du zu oft bist, wird man bald eine Ausrede finden, um dich ganz loszuwerden.

»Jetzt versteh' ick det mit meine Tante.«

Bald fühlt er sich auf der Mühle heimisch.

Eines Tages kommt er mit schlechter Laune. Seine »richtigen« Schuhe sind zur Reparatur, außerdem ist die Krücke zusammengesackt.

Also ziehe ich sie wieder auseinander und knalle den Konus gründlich an.

»Ick wer' jetzt 'ne Weile nich können, ick krieje Ausjangssperre. Ick war besoffen.«

Er hängt im Sessel. Mit der Brauseflasche kommt er heute kaum zurecht. Er hat sich sichtlich schlechter im Griff als sonst. »Meine Mutta wollt' mia holen für 'ne Woche. Aba is nich jekomm'. Hat'n neuen Freund.

Vata?

Nee, hat jesoffen. Der is üba alle Berje, hab' bloß die Mutta. Und die Schwesta. Säuft ooch und hurt. Hat sich schon een Ding einjefangen. Sechs Monate.

Ick? Mit acht Jahre isset passiert – üba Nacht. Vorher war janischt. Von een Tach zum andan wa' ick kaputt.

Denn wa' ick erst in Brück zur Untersuchung, denn bis Schulende in Lindow in Heim, denn wieda in Brück und denn zuletzt . . .

Kennste Bernsdorf?

Da sind bloß welche mit 'ne Scheibe. Ick wa' da, weil meine Mutta wollte. Wa' nich weit von zu Hause.

Da ham mich die andan imma vadroschen, ick kriegte nur Dresche von die andan. Ja klar, frech wa' ick ooch. Und denn hab' ick mit die Krücke zugehaun. Aba det jibt denn ofte richt'jen Ärjer. Ick hab' keen jekricht, ooch keene Tabletten, aba 'n paar Spritzen hab' ick mia schon einjehandelt, wenn ick pampig jeworden bin.

Pampig?

Manchmal hab' ick's satt.

Wat soll ick denn ...«

Er studiert die Dielenmaserung, aber schaut bald wieder hoch. Eine Pause wäre mir im Moment unangenehm – an so einer blöden Stelle in Wolfgangs Lebenslauf.

»Der Dokta saacht, ick bin kernjesund, bloß die Lähmung. Und ick soll ville loofen.

Nee, keen Kuchen mehr, ick muß uff meine Linie achten.

Ick jeh' 'raus, so ofte ick kann, ick jeh' jerne in' Wald.

Da hab' ick jestan 'n Hasen jesehn.

Saach mal, wohnst du hier?

Biste ooch alleene?

Achsoja, die Kleene!

In die Jroßstadt?

Denn is det Riesending hier wohl bloß so'n kleenet Wochenendhaus?«

Er grinst.

»Vielleicht find' ick balde 'ne Frau.

Ick will nachher noch zur Disko. Denn fahr' ick wieda mit'n Bus halb zehne wie jestan. Disko kost' 'ne Mark Eintritt. Denn wird et schon knapp.«

Er will schlauchen, keine Frage.

»Taschengeld krieje ick bloß manchetmal von meine Mutta – wenn se kommt. Und Lotto spiel' ick ooch. Du denkst wohl, ick vasauf' allet? Nee, höchstens sie'm Bier.

Mehr trink' ick nich.«

Bitte nicht vergessen: Jeder Satz dauert zehnmal länger als bei unsereinem.

»... denn werd' ick ma' jehn«, seufzt er. »Kieck ma', die Hosentasche. Hier oben is der Rand uffjeplatzt von det Radio, det hat so scharfe Ecken. Kannste det vielleicht zumachen, daß et nich weitareißt?«

Sternzwirn hält alles. Ich kauere mich neben ihn und ziehe die Naht zusammen. Er hält still und ist still.

Nach einem stummen Weilchen plötzlich ein abgrundtiefer Luftholer mit verdächtigem Vibrato.

Ein Seufzer, der alle vorhandene Luft zu verbrauchen scheint. Er erschrickt vor seinem eigenen Seufzer. Ich horche auf: In diesem Seufzer liegt das Echo eines durch Mark und Bein gehenden Schreis. Ein Schauer überläuft ihn, der abstrahlt wie hochfrequenter Strom. Ich schaue lieber nicht hoch.

Das bißchen Berührung bringt ihn fast aus der Fassung.

Nach der Disko wird dann der Bus um halb zehn ausfallen.

Es werden sich welche kümmern, um einen zufälligen Bus anzuhalten, der sowieso zum Heim muß.

Der Fahrer wird sagen: »Ich fahre nicht Linie. Ruft doch oben an, damit der hier geholt wird.«

Danach wird ein Auto kommen und angehalten werden. Der Fahrer wird Wolfgang beim Einsteigen helfen. Am Vormittag des nächsten Tages wird Wolfgang auf seinem Bett dösen.

Die Stationsschwester oder eine Pflegerin wird durch die Tür schauen und zu Wolfgang sagen: »Wolfgang, kriegst 'n Kumpel!«

Wolfgang wird sich aufrichten und mit Riesenaugen auf die Tür starren.

Ein völlig abwesend wirkender Siebziger wird hereingefahren.

Wolfgang wird sich wieder auf das Bett werfen und das Kopfkissen aufs Gesicht pressen, so fest er kann.

Sein Aufschluchzen ist nicht zu hören – nur an der ins Kopfkissen verkrampften Hand zu sehen. Niemand registriert das. Und überhaupt, man hat zu tun, andere brauchen auch Hilfe.

Einige Wochen später werde ich durch Zufall erfahren,

Wolfgang wäre wieder in Bernsdorf, er hätte durchgedreht und mit der Krücke zugeschlagen.

Ich werde hören, das sei eben seine Krankheit.

Den Aufzug mit Sitzgelegenheit brauche ich nicht mehr.

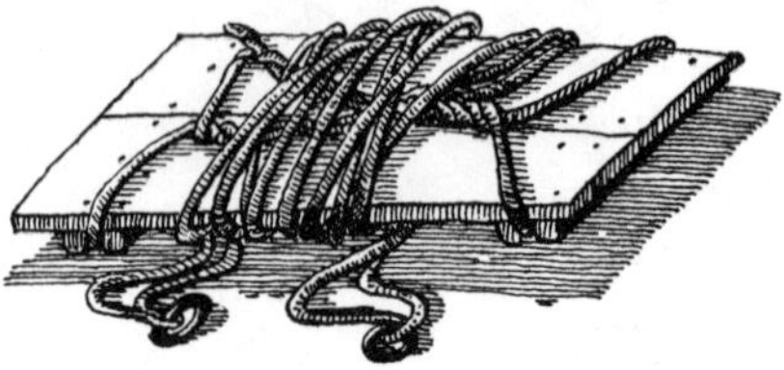

Drang und Sturm

Der Trubel um die Mühle verdeckte über lange Zeit jene Kümmernisse in mir, die mich beschäftigt hätten, wäre ich nicht zufällig durch eine Windmühle voll ausgelastet.

Christine?

Verdammt, ja natürlich, durch sie auch!

Wer fragt denn da?

Aber ich schrieb gerade von Kümmernissen, angeblichen Kümmernissen, wie mir scheint, nachdem ich Wolfgang kennengelernt hatte. Zwar beruflich nicht vom Erfolg verfolgt, was natürlich nur an den anderen lag, war ich gesund und munter – und mich hatte sogar jemand gern! Was denn noch alles?

Bei der vorwöchigen Arbeitsgruppensitzung im Hause LIOS, einer der Beratungen, an der ich nach wie vor als anwesende Karteileiche teilnahm, bekam ich sogar einen Auftrag!

Für ein als gewaltig anzusehendes Werk, jedenfalls war beschlossen worden, dies Werk hätte als gewaltig zu gelten, sollten mir zwei Werbespots einfallen. Besser als nichts!

Die hervorgerufene Notwendigkeit oder erst einmal Möglichkeit, sich zwecks Findung einer Idee ins stille Kämmerlein zurückziehen zu dürfen, führte zum Ausblenden des Mühlentrubels. Ein leises Grundrauschen blieb, ein streunendes, wenn auch stark gedämpftes Netzbrummen.

Die Antenne war offenbar nicht geerdet.

Das stille Müllerstübchen bot sich an für eine neue Funktion als Ideenschmiede.

Die Folgen in Erfolgsform blieben aus.

Nichts.

Kein Einfall, geschweige denn ein Gedanke.

Ich ließ alles liegen, griff zum stets bereiten Fahrrad und war jetzt unterwegs zu meinem Bach. Hier heißt so was allerdings Fließ oder Graben – im Graben fließt ein Bach . . .

Ich saß auf meiner Brücke und ließ die Beine baumeln. Ob so was mit der Seele heute noch funktioniert? Meine Brücke über den Graben besteht aus zwei alten Telegrafenmasten und zwei alten Türen, die als Fahrbahn auf die liegenden Masten genagelt worden waren. Um mich herum herrschte eine Ruhe, die einem Kesselschmied oder Neubaubewohner angst gemacht hätte. Einmal, bei einer anderen Runde ums Dorf, stieg ich extra vom Rade, um die Stille genau zu hören. Der gewaltige Lärm in den eigenen Ohren störte dabei sehr. Zum Begreifen dieser Ruhe benötigt man Zeit, zum Auskosten noch mehr Zeit, bis dann diese Ruhe wie ein ungeheurer Druck auf den Ohren lastet – auch bei Nichtkesselschmieden. Man spürt die eigenen Gedanken rumoren: Christine, Wolfgang, Chefwanderer . . . ach ja, der Beruf! Dann fängt man an, für Lärm zu sorgen. Dazu reicht das Rascheln des Grases unter den Schuhen beim nächsten Schritt.

Ich hör' zu gut
die Fragen in der Stille.
Laut hab' ich es gern
um mich herum.

So hör' ich nicht
die leisen Fragen, die mich quälen –
hör' so auch
die leise Antwort nicht.

Doch aller Lärm
bringt keine Ruhe mir.
Lärm betäubt,
doch er beruhigt nicht.

Habe ich mal als Lied gehört und auch mitgeschnitten.

Hier auf meiner Brücke genoß ich die Überruhe. Der Lärm in den Zweigen betonte die Ruhe ebenso wie das schwache Plätschern des Wassers an einem Stein. Vogelgezwitscher in märkischen Kiefern mag kein exotisches Erlebnis hergeben; aber die Unruhe bröckelte ab, als ich auf diesem wackligen Steg mitten im Walde saß, das Wasser gerade so die Fußsohlen streifte und die Augen durch den Blick auf das sich sanft wiegende Gras im Wasser voll ausgelastet waren. Die Grashalme wiederum blickten sämtlich stromab, als stünde dort eine Sensation bevor, die kein Halm verpassen mochte.

Die Sensation war aber schon vorüber.

Christine reiste heute morgen, Montag, wegen dieser Sensation ziemlich mürrisch ab: »So aufregend will ich mein Leben nun auch wieder nicht verbringen!«

In der Nacht zum Montag nämlich kam heftiger Sturm auf.

Die Mühle knackte, schwankte, fauchte. Wir zogen um mit unserem Bettzeug hinunter in die Schuppenreste. Deren Statik gab uns zwar keinerlei Sicherheit gegen den Orkan, aber immerhin spürten wir festen Boden unter den Füßen. Das für zwei hergerichtete Notquartier nutzte nur Christine. Ich zog mein Mühlenkostüm an, bestehend aus Kombi, festen Schuhen und gelbem Helm. Die gute Brille tauschte ich gegen ein altes Glotzgestell aus.

Die Taschenlampe lag parat.

Der Sturm nahm keineswegs ab. Warum mußte der erste Orkan nach dem Neubau der Flügel ausgerechnet nachts anrennen? Wie sollte ich da eventuelle Gefahr für Leib und Leben der Mühle rechtzeitig erkennen? Das paßte mir nicht. Überhaupt gefiel mir der ganze finstere Sturm nicht.

Ich prüfte die Arretierung des fast vier Meter durchmessenden Kammrades auf der Flügelwelle. Wenig wäre katastrophaler, als wenn sich die Flügel selbständig machen würden. Das gäbe wunderschönen Flügelsalat!

Das Rütteln und Klappern der Schindeln außen, schreiendes Knarren des ganzen Fachwerks, ganz tiefe, aufs Gehör drückende Schwingungen neben düsentriebwerksähnlichem Heulen in den Flügeln. Schüssen ähnliche Schläge, wenn sich Balken gegen Balken verschob, der Eindruck, auf hoher See zu schlingern, stand man im obersten Geschoß – zur Mühlengemütlichkeit trug das alles nicht bei. Vielleicht zur Mühlenromantik, aber mehr zu jener Art, die man lieber in einem Film sieht als in der eigenen Mühle erlebt.

Jetzt – jetzt! Jetzt war's passiert!!

Plötzliches Kettenrasseln und ein in kurzen Abständen sich wiederholendes dumpfes Schlagen, verbunden mit Erschütterungen, unter denen die ganze Mühle samt mir erzitterte, signalisierten, daß das Reguliersystem für die Klappen in den Flügeln ausgehakt war. Was Schlimmeres hätte wirklich nicht passieren können: Wenn mir nicht schnellstens die Beseitigung dieser Havarie gelänge, bestand höchster Alarm für die Mühle: Es entsprach ungefähr dem Ruderbruch bei einem Schiff, verbunden mit nicht mehr reffbaren Segeln. Ein Kahn kentert dann gewöhnlich. Ganz gewöhnlich. Die Klappen könnten sich unkontrolliert schließen, wenn der Sturm mal nicht ganz geradeaus bliese, sondern ein wenig verwirbelt die Mühle anrempelte, die Flügel begännen sich zu drehen trotz angezogener Bremse, die hier Presse heißt und wegen guter Reibung mit dem großen Kammrad, das woanders Zahnrad genannt wird, gar balde heiß bis glühend die Mühle in rotgelbem Lichte erstrahlen ließe, solange der Qualm nicht störte. Die führungslose Holzkiste drohte mithin noch führungsloser zu werden, unabhängig von der sprachlichen Fragwürdigkeit dieser Steigerungsform – auf so was nehmen Stürme keine Rücksicht. Das Gehäuse könnte sich, die Flügel als Segel benutzend (auf englisch heißen die Flügel sowieso schon sails), um einhundertachtzig Grad herumdrehen, bis also die Flügel sich nicht mehr dem Wind entgegenstemmten, sondern sich gewissermaßen hinten, vom Wind abgewandt befänden. Die einzig bemerkenswerte, dadurch ausgelöste Veränderung wäre, daß die Flügel begännen, sich in Gegenrichtung zu drehen. Nur Charakterstärke, Willenskraft oder Berufsehre der Mühle könnten dann noch ihr Umkippen verhindern.

Aber letzterwähntes Ende meines Mühlenrausches träte ja nur ein, wenn es mit dem vorherigen Abbrennen nicht klappte! Von Spaß war keine Rede mehr.

Meine Hektik nahm zu, soweit diese eine Steigerung zuließ, es war eine Frage des Spielraums bis hin zur Panik. Werkzeug zusammensuchend, hastete ich zwischen Mühle und Schuppen hin und her. Doch dann erinnerte ich mich plötzlich der Jugendzeiten, als ich noch gelegentlich vom Motorrad aus durch die Wälder flog: In der gefährlichsten Situation wird man ganz ruhig. – Ich dankte sofort meinem biologischen Datenspeicher für diese Erinnerung im rechten Augenblick.

Christine schaute stumm und etwas fatalistisch zwischen den Decken heraus. Ich erklärte kurz die Situation. Ich glaube, sie blieb nicht aus Desinteresse liegen oder aus Angst, sondern eher, weil sie nicht wußte, was sie sonst hätte tun sollen.

Ich angelte nach der Handbohrmaschine, griff nach Stichsäge, Zangen, Stricken, Bolzen, Muttern. Irgendwelche löcherigen Flacheisen nahm ich an mich in der Hoffnung, diese könnten auf noch nicht abzusehende Weise hilfreich einbaubar sein. Unterlegscheiben aller Kaliber sammelte ich ein, Maulschlüssel, Hammer.

Die Kette rasselte weiter hin und her, das dumpfe Rumsen rumste weiter, der Sturm orkante weiter.

Mit all dem Krempel am Mann kletterte ich zum Dach hinaus, vorn an der »Wind«wand – heute war deutlich zu erkennen, weshalb diese Wand so heißt. Schließlich saß

ÜBERN BERCH
VORSICHT

ich auf der Flügelwelle dort, wo die Flügel sich kreuzen. Ich hatte zweifellos den absolut ungemütlichsten Platz in dieser Gegend erreicht. Leider weit und breit kein staunendes Publikum! Hier fehlte LIOS mit seinen gleißenden Spots!

Meine linke Hand faßte das ausgehakte Gestänge, in der zweiten Hand jonglierte ich die Bohrmaschine, die dritte Hand umklammerte die Taschenlampe ...

Moment, da stimmt was nicht, das geht ja gar nicht. Aber alles tat ich. Ich weiß auch nicht mehr, wie ich das aus lauter Angst bewerkstelligte. – Angst?! I wo, ich war die Ruhe selbst. Oder verblaßten die strahlenden Motorjugenderinnerungen, erlahmte ihre Wirkung als stählende Stütze?

LIOSens Abwesenheit war schon ganz gut.

Die sehr schnelle Luft fegte übers Dach und schob mir den Helm mal in den Nacken und mal ins Gesicht. Eine vierte Hand hätte ihn festhalten müssen. Nun war schon Nacht, dann noch der Schirm des Helms als Sichtblende! Ich war unsicher, ob dieses Chaos das eigentliche Ziel all meiner Mühlenträume war, zumal einsetzender Regen regelrecht ausgelassen um mich herumpeitschte und unnötigerweise an meinen Brillengläsern herabtriefte. Ich bohrte, hielt das Gestänge fest, versuchte mich selber zu halten, weil ein Absturz aus rund zwölf Meter Höhe selbst im Finstern keine reine Freude zu werden verspräche; ich schrie mich an und fluchte, was im allgemeinen Getöse nicht mal ich richtig hörte, geschweige denn verstand, konnte aber nach fast anderthalb Stunden Hoffnung schöpfen, ein brauchbares Provisorium installiert zu haben. Eine weitere Stunde murkste ich unter der Mühle herum, sie zu stützen, dann legte ich mich, durchgeweicht, unterkühlt und zittrig, neben Christine, weiterhin frei von jeder inneren Ruhe, stellte den Wecker, damit dieser mich halb- bis dreiviertelstündlich daran erinnern sollte nachzuschauen, ob meine Konstruktion standhielt.

Müde und erschöpft atmete ich versuchsweise ruhiger, des heldischen wie überlegenen Gebarens wegen, aber die knappe Luft zwang mich bald zu kräftiger Atemgymnastik. Christine blieb weiterhin stumm, ihr Blick wechselte jedoch ins Kühle hinüber.

Trotz des ohrenbetäubenden Lärms und meiner Angst um die Mühle döste ich ein. Das Weckerstellen erwies sich als nötig.

Ohnehin rückte Christines Startstunde näher, weil sie ja einer geregelten Tätigkeit nachging, den ersten Montagszug deshalb erreichen mußte, um rechtzeitig in der Großstadt einzutreffen. »So aufregend will ich mein Leben auch wieder nicht verbringen!«

Das hatte ich nun davon.

Und danach?

Beinebaumelnd hier auf meiner Brücke?

Schon heute früh trat die Ruhe nach dem Sturm ein:

Die Regennacht
zerfließt im Morgennebel
Aus den blanken Bäumen
wachsen Lieder
Seidenes Licht
flüstert mit der Erde.

Jaja, so war's dann. Inzwischen waberten schon die Abendnebel über die Wiesen.

Ein wieder mal ziemlich gelungener Tag schien mich heute nach den Schrecken der Nacht erwischt zu haben, als wäre nichts gewesen. Daß diesem gelungenen Tag Chefwanderers Opernarien fehlten, verschmerzte ich gern. Aber den Chefwanderer selbst vermißte ich doch ein bißchen.

Was mochte der alte Mühlenkäufer gerade anstellen?

Als er damals plump nach dem Handtuch gefragt hatte, schrieb ich ihm, sein Handtuch hinge am Flügel zum Trocknen und er könnte es ja bei Windstille abholen. Ich würde ihm sogar zwei neue Handtücher schenken, wenn er endlich eine Mühle vorweise.

Vorher sollte er sich lieber nicht mehr melden.

So frech und arrogant – dafür schämte ich mich jetzt doch.

Vielleicht war sein Projekt Bleichenau erfolgreich.

Ich fahre weiter.

Vom gewesenen Regen hängen die Äste tief herab. Ich muß mich über den Lenker bücken und schwenke ein in die schmale Spur eines typisch märkischen Wald-Radweges, immer der kürzesten Verbindung zwischen zwei Dörfern. Dieser Schlangenlinie kann man mehr vertrauen als jedem Wegweiser, meine mündet in einen zweispurigen Forstweg.

Ein kleines Auto lehnt am Baum. Die Scheiben sind beschlagen, ich kann nicht hineinschauen. Natürlich vermute ich das Vermutliche und kurve höflich vorbei, halte Abstand und will mit Anstand auf meinen Anstand, der neuerdings »jagdliche Einrichtung« heißt. Die Leiter hochklettern, den Türriegel durch ein Fensterloch von innen öffnen, hineinschlüpfen und mich auf dem noblen, wenn auch leicht defekten Büro-Drehstuhl niederlassen, den es irgendwie hierhergeweht hat – diesem Ritus fröne ich nicht zum ersten Mal.

Ein Panorama empfängt mich, dem alle Extreme fehlen. Äcker, Wiesen, das Luch bis zur Schonung dahinter, und die rote Sonne gräbt sich langsam in den Waldhügel.

Plötzlich ein Schuß.

Also gehört das Auto zum Jagdgepäck. Der Abend beeilt sich, der Tag blendet sich aus, langsam und ungern trenne ich mich von meinem Ausguck.

Dann sitze ich wieder auf meinem Rad, und dann sitze ich wieder auf dem Rad – nachdem der erste Startversuch dank eines Ausrutschers im hohen nassen Gras mißlang. Den grünen Mann mit der Flinte sehe ich am Wegrand hocken. Die knarrenden Sattelfedern meiner Tretmühle ärgern ihn bestimmt, er hält mir das Schießeisen genau ins Kreuz, wartet aber dann doch auf seinen Hasen. Erst eine ganze Weile später höre ich von ferne den zweiten Schuß. Inzwischen habe sogar ich mehrere Haken geschlagen. Fast im Dunkeln endet endlich meine zur feuchten Irrfahrt durch das Luch gewordene Expedition. Das Fahrrad trage ich durch ein Fließ, weil alle Wege sich in den schmatzenden Wiesen auflösen.

Will ich abkürzen, geht's mir oft so. Diesmal wollte ich einen unbedeutenden Umweg durch noch unerforschtes Gelände unternehmen, leider mit gleichen Folgen. Es ist besser, man geht Wege, die alle Leute gehen. Im Dorf geniere ich mich trotz fortgeschrittener Verfinsterung meiner so kalten wie vor allem dreckigen Füße in verschmierten Sandalen. So keuche ich trotz fürchterlichen Hungers am Gasthof vorüber, halte die Füße unter meinen Gartenschlauch und ziehe warme Socken an.

Im Müllerstübchen haue ich mich auf die Pritsche. Zum Absetzen der Brille komme ich erst nach dem Wiederaufwachen, aber da kann ich sie gleich aufbehalten.

Was am hellichten Tag unmöglich schien, die zweite Stunde nach Mitternacht bringt's zustande: Die Worte hopsen aufs Papier, ich knete sie werbegerecht, lege die entstandene Zeilenversammlung weg, schaue am nächsten Tag bei Lichte nach, ob ich mich schämen muß, stecke das geprüfte Blatt in einen Umschlag und versende es an meinen Chef. Den Berufschef meine ich.

Noch war es nicht soweit.

Außerdem hielt der Chefwanderer seine Pläne vor mir geheim.

Vielleicht wegen des vergessenen Handtuchs.

Aber infolge meiner amtlichen Denkmalpflege-Verbindungen erreichte mich eine Anfrage, ob ich die Wassermühle in Klapperbrausen kenne, es gäbe einen Bewerber.

Zwar habe ich nie geleugnet, wassermühlisch höchst unvollständig informiert zu sein, aber zu diesem Ortsnamen mußte ein recht wildes Exemplar von Mühle gehören. Hatte ich mir gedacht. Damals bei den Mühlenreisen.

Und ich war hingefahren, auf Verdacht.

Sollte jemand einmal in unseren Zeiten eine Märchenmühle sehen wollen, eine solche, die frühere Omas und andere phantasiebegabte Leute versucht haben zu beschreiben, so fahre er nach Klapperbrausen. Dort ergriff mich Eifersucht. Wer es auch wäre, niemandem würde ich diese Mühle gönnen außer mir, der ich mir aber zwei Mühlen nicht leisten konnte. Aus Mißgunst hätte ich sie jetzt am liebsten mittels Mehlstaubexplosion in die Luft gesprengt oder durch ein solides Hochwasser hinweggeschwemmt, als ich den Namen des Bewerbers erfuhr.

Ausgerechnet Chefi!

Das Projekt Bleichenau schien also geplatzt. Hoffentlich ging's diesmal auch schief! Nur die Wut gegen mich konnte ihn zu solchen Entschlüssen ermuntert haben! Ich vergaß ganz, daß er schon viel längere Zeit den Mühlen frönte als ich. Sein Erbe hatte er doch schnellstens verschleudert – wovon wollte er die Mühle bezahlen? Er wird doch nicht etwa das Auto-Restgeld heimlich gespart haben? Soweit ich mich erinnerte, sprach damals die Mühlenbesitzerin, eine drahtige alte Dame, davon, die Mühle per Rentenbasis verkaufen zu wollen bei Wohnrecht bis zu ihrem jüngsten Tage.

Bei dieser Variante käme der Chefwanderer freilich als Käufer in Betracht.

Ich sollte ein Gutachten verfertigen. Dafür wurde ein Lokaltermin vereinbart. Mir war klar, daß daran auch der Chefwanderer teilnehmen würde. So träfen wir uns »ganz zufällig«. Eigentlich müßte es ihn deprimieren, wenn er erführe, daß ausgerechnet ich, im Vergleich zu ihm ein Mühleneleve, seine zukünftige Mühle beurteilen sollte. Wer der Gutachter sein sollte, mußte er eigentlich wissen, denn er kannte ja meine Denkmalamts-Ambitionen. Wie dem auch wäre, ein Zusammentreffen machte sich unvermeidlich.

Vom Bus ging ich hinunter durchs Dorf, den kurzen steilen Weg bis zum Mühlgraben und an diesem entlang bis zur Mühle. Ich hörte das Wusch-wusch-wusch-wusch des Wasserrades. Das Ding funktionierte also immer noch, morsch und schon seit Jahren als unbrauchbar bezeichnet von einem Mühlenbegutachter. Von mir. Am Mühlgraben schon war mir ein Wegweiser aufgefallen mit dem Schriftzug »Zur Brausebachmühle«, in Lettern, die mir als Lieblingsfraktur eines gewissen Herrn nicht unbekannt waren.

Die riesige Linde vor dem Mühlengebäude stand auch noch da, trotz des baumfällfreudigen Bürgermeisters, von dem ich erfahren hatte.

Das große Kuriosum dieser Mühle war somit ebenfalls erhalten: Die Linde hatte im Laufe der Jahrhunderte ihre Wurzeln über den Graben hinweggestreckt. Das Wasser im Mühlgraben floß unter den Wurzeln hindurch. Eine solch innige Verbindung zwischen Natur und Technik sieht man wirklich nicht alle Tage. Die Hühner scharrten, die Schafe blökten, das Wasser wusch-wuschte über das Rad – wie gesagt, der blasse Neid fraß in mir.

Ich klopfte an die Haustür, zu der man nur über einen Steg gelangte, unter dem das Wasser floß. Niemand meldete sich. Das Rumpeln der Mühleninnereien hörte ich jetzt auch. Ich klinkte, schaute höflich nur durch einen Türspalt in die Diele, rief »Hallo« und ging dann bis zur nächsten Tür durch die Diele, klopfte wieder, öffnete, kam in die Küche, rief wieder »Hallo«, woraufhin ein ziemlich junger, aber recht langer und kräftigen Mann mit Brille aus der Stubentür am anderen Ende der Küche heraustrat.

Er begrüßte mich per ungeheurem Baß: »Du bist schon da? Das ist ja prima!«

Da er mich duzte, schien er mich zu kennen.

Jetzt begriff ich endlich, es war Chefis Ältester, der da in Mahlow gepiepst hatte: »Aber ich bleibe hier!«

Das Wachsalter lag hinter ihm, falls dieser Vorgang nicht noch im Gange war. Volljährig mußte er inzwischen auch geworden sein.

Er ließ mir den Vortritt, und ich erblickte in der Stube zwei Damen am Kaffeetisch: Die drahtige Müllerin hatte sich seit damals nicht verändert, das heißt, sie sah mit achtzig immer noch aus wie mit fünfundsiebzig. Der Dutt vom gleichen Volumen, die Augen genauso frisch – unwillkürlich dachte ich bei der Begrüßung: Wer diese Mühle auf Rentenbasis kauft, der stürzt sich in ein teures Vergnügen! Diese Dame überlebt uns alle! Zwar wirkte sie in ihrer Schlankheit und mit ihrer strengen Haartracht etwas jüngferlich, aber was ich so gehört hatte aus der Zeit nach dem Tode ihres Mannes, den Jahren mit »dem Meister«, einem woanders verheirateten Müller, der die Brausebachmühle in ihrem Auftrag führte, Tag und Nacht, das ließ durchaus auf eine Vergangenheit schließen, die erst erschreckend kurze Zeit her war – jedenfalls das Ende dieser Vergangenheit beim Tod des Meisters.

CHEF!
VATER, SCHAFFT'S NIE!
·Braus
über den St

Mir war diese Frau irgendwie unheimlich, ohne daß sie in ihrer fast überhöflichen Freundlichkeit definierbare Indizien für Unheimlichkeiten lieferte.

Die andere Frau war Chefis Eheweib, also die Mutter des Türöffners. Sie stand sofort auf und begrüßte mich ähnlich innig, wie das beim damaligen Abschied in Mahlow geschehen war.

Und Chefi?

Drüben in der Müllerei?

Nein, aber nein, aber nein, aber nein:

Chefwanderer war vor wenigen Minuten abgewandert!

Diesmal gab's den Streit vor meinem Auftauchen, also ohne mein und eines Sturmes Zutun.

Seine Frau Diana (stämmig, aber dies proportioniert) erklärte die Sachlage, als die drei wieder saßen und ich mich auf den Stuhl setzte, auf dem der Wanderer gesessen haben mußte, denn das Kaffeegeschirr wurde jetzt erst ausgewechselt für mich.

Das alte Lied: Nur eine Mühle wäre geeignet, all seine Leiden zu kurieren, hatte er beteuert, eine Mühle wäre höchstes Glück. Als nun konkret über Preis und Modalitäten verhandelt wurde, stellte er fest, alle seine Leiden ließen ihm keine Kraft, eine Mühle zu erhalten.

An einem Modell der Brausebachmühle bastelte er bereits, aber eben zu Hause in der geheizten Stube.

Als seine Frau deutlich und wohl auch etwas laut gefragt hatte: »Willst du nun oder willst du nicht?!« war er aufgestanden und gegangen.

Mir hatte er einmal so einen Spruch aus dem Kunstgewerbeladen geschenkt, garantiert handgemalt, der da hieß:

Nichts ist schlimmer als ein Mann,
der alles will und gar nichts kann.

Das schien sein Problem zu sein. Er betrachtete sich wohl als gescheiterte Existenz. Er rannte immer wieder an gegen Versagen und Verzagen, ohne die Barriere zum Einsturz zu bringen.

Als Diana die Sache bis zu Chefis Ausmarsch erklärt hatte, lächelte ich höchst ironisch in die Runde. Niemand stieg darauf ein, auch Chefwanderers Ältester nicht.

Diana: »Wir haben vier Kinder, Vater ist jetzt Mitte Vierzig. Das sind doch Jahre, in denen man endlich begreifen muß, was noch zu schaffen ist und was nicht. Und er hat doch was geschafft! Du kannst gut grinsen, aber vier Kinder hast du nicht großgezogen! Du mußt dich ja nicht mal für eins verantworten! Und vier Kinder sind wohl eine Aufgabe, die auch nicht leichter fällt als eine Mühle zu erhalten. Da wird er wohl bei den Modellmühlen bleiben müssen. Ich dachte ja auch immer, er käme innerlich zur Ruhe, zögen wir um in eine Mühle, ich fände das schon romantisch, ich brauche keinen großen Komfort, lieber Wald und Feld, aber das hat doch wohl alles keinen Zweck mehr.«

»Aber das hier ist wirklich die schönste Wassermühle, die ich kenne«, hielt ich für richtig, einwerfen zu müssen.

Da fiel ein Satz, den ich aus demselben Mund kannte, nur vor dem Stimmbruch: »Aber ich bleibe hier.«

Chefis Ältester sagte es, schaute dabei zu der jetzt leicht zusammengesunkenen drahtigen alten Müllerin hinüber, die etwas ängstlich zu ihm zurückblickte.

Der Älteste: »Das stand für mich schon fest. Ich dachte mir schon, daß Vater aussteigt. Ich zieh' hierher. Da habe ich gleich 'ne eigne Bude bei 'ner guten Wirtin. Als Betonbauer kriege ich in der Nähe auch Arbeit. Vielleicht mach' ich noch 'ne Müllerlehre.«

Sogar zur letzten Idee nickte seine Mutter beifällig und äußerte, jetzt ganz ruhig: »Unser Vater braucht einsame Wege, da kann er träumen, laß ihn. Er wird seinem Sohn ganz bestimmt sehr helfen. Besserwissen auch. Aber er braucht dann nichts zu verantworten.«

Die nicht ganz unerfahrene Müllerin zog den Ersatzenkel vielleicht etwas weit zu sich herüber: »Die Jungen sind oft nachsichtiger mit uns Alten als wir mit den Jungen.«

Für die Aufnahme von Chefwanderers Ältestem als Untermieter war das eine bemerkenswerte Einstellung.

»Ich bin ja auch noch da«, stellte Diana sehr richtig fest.

Der eigene Mann rangiert oft als das älteste Kind, um das man sich eben noch kümmern muß. Der Sohn war zwar Vaters Ältester, aber nicht Mutters Ältester.

Eigentlich recht bequem für uns Männer.

Jedenfalls wußte ich jetzt besser, warum mir bei Chefis überstürzter Abreise, damals in Mahlow, nicht so sehr wohl war. Der Chefwanderer käme zwar nie zu einer Mühle, aber wenn sein Sohn statt seiner da einstiege, wäre das nicht mindestens genauso gut?

So gesehen, hätte der Wanderer mehr erreicht als ich.

DER LETZTE NEUNUNDDREISSIGSTE

Ich liege auf einer gerade so steilen Wiese, daß ein Augenaufschlag den ganzen Himmel umfaßt und ein Blicksenken die große Stadt auf sieben Hügeln mit ihren angehenden Lichtern erkennen läßt.

Nein, nicht Rom, sondern Brünn. Brno sagt das heimatliche Reisebüro, Brünn sagen die Tschechen zu mir. Wir sagen zu Praha stets Prag, aber bei Brno bleiben wir pseudokorrekt.

Auf eine Stadt zwischen Bergen hinunterzuschauen, über die der Abend sinkt, das zu beschreiben will ich mir ersparen. Wer's nicht kennt, dem nützt die Schilderung nichts; wer's kennt, aber nichts dabei fühlt, dem nützt die Schilderung ebensowenig.

Mancher sieht's, mancher nicht.

Wenn ich mich heute abend ein bißchen der Melancholie hingebe und das Panorama vor mir mit besonderer Intensität aufsauge, so übe man Nachsicht. Begründung folgt:

Früh um halb drei zur Welt gekommen, geht der letzte Tag meines neununddreißigsten Jahres zu Ende.

Daher die süße Wehmut.

Selbstverständlich rechne ich zurück, gehe ein paar Stationen durch. Ein paar Tränen wollen nachsehen, in welcher Gegend sie sich eigentlich befinden, andere Gründe für ihr Auftauchen sehe ich nicht, falls mich jemand nach einem Grund fragen sollte.

Das erste Stück Film, die Schulanfangs-Kindheit, läuft schnell ab. Nicht, weil ich nicht mehr viel wüßte, aber ein alles beherrschendes Übereregnis drängte manchen Kleinkram und Mist in den Hintergrund, der heute von manchem, weniger turbulente Überzeiten vorausgesetzt, zu gewaltigen Abenteuern aufgepustet werden würde.

Bei der Evakuierung erhielt ich, als wir alle, zweite Klasse, vor dem Schönschreiblehrer mit dem Jägerhut und den Reithosen zum Appell antreten mußten, eine Ohrfeige in Würdigung meiner dreckigen Füße. Im Juni ging ich barfuß wegen des Sommers und des Mangels an Schuhen.

Wieder in Berlin, heulten abends pünktlich um halb acht auf- und abschwellende Töne als Abendlied-Ersatz, im Keller sang kein Sandmann sein sandiges Ständchen. Was stand, wurde Sand.

Als einem der wenigen Männer im Hause, achtjährig, bestand meine Verantwortung fürs Überleben im Nachzeichnen der Bomber-Einflugschneise im Quadratnetz nach den angeblich geheimen Radioangaben für die Flak.

Heinrich-Gustav-Acht umgingen die Flugzeuge leider nicht immer. Eine Denunziantin entnahm nach irgendeiner nicht so ganz siegesfreudigen Bemerkung meiner Mutter in irgendeiner Gaststätte der dem Kellner gereichten Lebensmittelkarte unsere Adresse. Wir hatten Glück, sogar die Geheimen schluderten, das Überende rekelte sich schon.

Ich verstand, was der Sender mit dem Bum-bum-bum-bumm-Pausenzeichen sagte, und begriff meine Schweigepflicht – immer noch achtjährig.

Dann rannte die Armee Wenck oder sonstwer durch unser Mietshaus, weil auf der Straße schon die Russen schossen, die Laubenpieper-Parzellen hinter unserem Hof sich jedoch fest in deutscher Hand befanden. Da rannten auch jene, die meinen Vater an die Wand stellen wollten, weil der Morgenluft wittern würde. Darauf schien gerade die Todesstrafe zu stehen.

Ich weiß, wie man sich in einen Graben schmeißt, in dem man sich der Tiefflieger wegen trotz riesiger Ameisen nicht bewegen darf; ich weiß, wie man zwischen

Eisenbahnschienen liegt und den Kopf in den Schotter preßt, wenn pfeifende Geschosse dicht am Ohr vorbeifliegen; ich weiß, wie ein verblutender Achtzehnjähriger im Hausflur aussieht; ich weiß, wie man die Hände vor der Mündung einer MPi heben muß; ich weiß, wie sich ein Vater benimmt, der spät abends mit der Axt in den Keller will, weil ihn der Hunger quält und er von dem zu kosten gedenkt, was die Mutter für uns Kinder als eiserne Reserve versteckt und verschlossen hält.

Und es ist gut, das alles zu wissen.

Dann begann bald wieder der Schulunterricht.

Die Ruhe ermöglichte die Wahrnehmung kleinerer Übel. Das mir nachgerufene »Schiefmaul« höre ich noch gut, ebenso die »Schiefschnauzen«-Variante. Meinen Hang zur Geselligkeit förderte das nicht. Darauf ist vielleicht noch zurückzukommen.

Ich lernte Feinheiten: Kinder und Besoffene ...

Das hat ja auch Vorteile.

Ohne Wohnungswechsel wohnten wir plötzlich im Westen.

Dann kam die Oberschule im Ostsektor.

Ich dachte, alle Kinder wären da »fortschrittlich organisiert«. In Charlottenburg spuckte man uns an, aber in der östlichen Schule hätte ich nicht, schon gar nicht am ersten Tage, mit dem Halstuch auftauchen sollen.

Unser Direktor empfahl mir zwar einen praktischen Beruf, ich dagegen wollte den Maschinenbau studieren und damit dem Kraftfahrzeugwesen zu neuem Aufschwung verhelfen. Den Aufschwung überließ ich nach einigen Semestern sich selbst.

Ein bißchen Motorrad-Fließbandarbeit, ein bißchen Gießerei, ein bißchen Strahltriebwerk-Prüfstand ...

Noch immer hielt ich mich in der Nähe der handfesten Technik auf. In der Hochschule hatte ich zu kurz vorm Zeichenbrett und zu lange im Schulfunk-Studio und außerdem zu oft an Motorrad-Rennstrecken gesessen. Dies sogar als Funktionär, um meinen damals recht berühmten Klubkameraden zuzujubeln oder ihnen die gelbe Flagge zu zeigen.

Und auch deshalb liege ich auf dieser Wiese, denn morgen startet hier der Grand Prix für Motorräder.

Bei der Truppe im Zelt endlich bemerke ich meinen eigenen Anachronismus.

In Brno angekommen, stelle ich fest, nicht nur mehrere hundert Kilometer weit, sondern auch ungefähr fünfzehn Jahre zurückgefahren zu sein.

Die alle da im Zelt – das war ich vor fünfzehn Jahren.

Das ganze Fluidum dieses Rennens, das zu erleben ich diese Reise eigentlich angetreten hatte, erreicht mich nur als Zuschauer. Nicht als Zuschauer des Rennens, sondern als Zuschauer hinter Rennstrecke samt Publikum.

Der Grand Prix geht mich nichts mehr an. Ich finde mich als etwas spätes Mädchen wieder.

Tröstlich bleibt, mit Hilfe einiger hundert Kilometer in mein dann vierzigjähriges Leben hinüberfahren zu können. – Mit einer nach der Maschinenbau-Ära sich zufällig eröffnenden Post-Karriere schien ich für eine durch viele Generationen betriebene Familientradition doch nicht ganz verloren zu sein. Leider beschloß ich dann eines Tages, mich der Kunst des bewegten Bildes zu widmen. Die Mühle erschien meinem technisch korrekten Vater ziemlich abwegig. Meiner Mutter, romantischer veranlagt, war ob der Dimensionen etwas mulmig.

Beide hatten erst ein Jahr nach Erwerb davon erfahren.

Dann kam die Zeit, als Mutter sagte: »Schade, daß Vati die Mühle nicht mehr so kennengelernt hat, wie sie jetzt aussieht.«

Ich bin nicht mehr Junior, noch nicht Senior, sondern einfach Der.

Heute, zufällig auf dieser Wiese, besteht die Gelegenheit zu fragen, ob man etwas erreicht hat im Leben.

Im Leben. Optimistisch gesehen ist spätestens heute die Hälfte 'rum.

Also frage ich mal: »Habe ich es zu etwas gebracht?«

Wie sieht das aus, das Zusammengebrachte?

Was tue ich damit?

In einem Lied – nicht von mir – heißt es, hätte man nichts als die Liebe, müßte man sich noch vieles dazubesorgen, um zurechtzukommen; besäße man dann alles, um zurechtzukommen, brauchte man eigentlich nur noch eines . . . Genau!

Ob sentimental oder nicht, da scheint was dran zu sein, die dümmste Benutzung des abgedroschenen Wortes Liebe wäre das nicht.

Ich liege im Gras, schließe die Augen, unten summt die Stadt. Reflexionen, Reflexionen, sentimentale Reflexionen, baden in Reflexionen. Ist erst einmal ein Leck gerissen, läuft man leicht aus. Aber, verdammt noch mal, irgendwann muß man doch die Zeit finden festzustellen, ob man unnütz mit seiner persönlichen »Mission« in der Gegend herumfuchtelt, ob man eigene Leistungsfähigkeit überschätzt oder an der falschen Stelle verplempert. Den Lebensladen so weiterlaufen lassen, daß er seinen Mann durchbringt, oder die Bude zumachen und neu starten?

Das Mühlen-Ungeheuer stellt Bedrohung und Herausforderung dar.

Zeig, ob du ein Mann bist!

Zeig, ob du mehr kannst als quatschen!

Film läuft wie Wasser durch die Finger, nichts bleibt.

Als mir die Filmbilder zu entlaufen begannen, rannte ich hinterdrein und gab die Verfolgung auf, als ich am Wegesrand die Mühle entdeckte.

Beim Mühlenkauf ahnte ich nicht, was das Monstrum mit mir anstellen würde. Vielleicht wäre Weiterrennen besser gewesen.

Was bleibt von zwölf Jahren Filmemacherei?

Ich lernte einen Kameramann kennen, dessen Ideenreichtum, Energie und beruflicher Fanatismus an der Zähigkeit des eingefahrenen Einerlei scheiterten; die zu Bequemen machten sich immerhin die Mühe, seine Schwächen herauszufinden, um ihn abschieben zu können. Ich lernte einen Journalisten kennen, von dem ich mich in manchem Zweifel beirren ließ, weil er ehrlich und ohne Vorteile handelte. Ich lernte einen Dramaturgen kennen, der als Autor Besseres leistete, den Betrieb verließ und mir damit, ohne jedes Wort, zu der Einsicht verhalf, daß Filmemachen zwar die Wirkung von Rauschgift haben kann, man die Folgen einkalkulieren muß und also diese Sphäre rechtzeitig verlassen sollte – bevor man wie eine ausgequetschte Zitrone sozial gesichert auf die Rente wartet –, falls man noch andere Pläne hegt.

Ich lernte eine sogenannte Musik-Produzentin kennen, die mir, Verzeihung, zur Heiligen wurde, weil ich dachte, derart hilfreiche Tätigkeit ohne eigenen Vorteil wäre eine Erfindung von Märchenerzählern.

Ich lernte meine Christine kennen, wegen der allein die Filmzeit gelohnt hätte.

Und die Filme? Vergilbtes Zelluloid: Spaß hat's gemacht, Ärger hat's gebracht – aber fünfundzwanzig Bilder pro Sekunde sind nicht das ganze Leben. Um Mißverständnissen vorzubeugen: Langeweile gelang mir nie, keinen Filmtag bereue ich. Bräche ich mir morgen das Genick, schade wär's schon, aber für den Film verplemperte Zeit bliebe nicht zu beklagen.

Angst vor dem Tod? Na ja, ich frage bei mir nach, weil soeben vom Leben eine reichliche Hälfte abgelebt ist.

Gewiß, ich spüre heftige Abneigung gegen das Sterben, aber ich bin nicht sicher, ob aus Angst. Ein bißchen herumprobiert habe ich schon. Als Kind bin ich ihm bei einer bösen Krankheit von der Hippe gehopst, geblieben ist bloß die »Schiefschnauze«. Von gewissen pfeifenden

Kriegsgeräuschen sprach ich schon. In wildesten Zeiten jugendlicher Technik-Begeisterung sah ich ihn neben mir beim ballistischen Flug vom Motorrad hinüber in den Wald. Auf der Mühle wartete er auf mich. Ich rollte für ihn gewissermaßen den roten Teppich in Form einer Rolle Dachpappe auf dem flachen Schleppdach in dreizehn Meter Höhe aus. Wie üblich, lief ich vor der Rolle her, statt auf ihr. Daran, daß die Rollenlänge der Dachlänge entsprach, weil schon zugeschnitten, ich also in wenigen Sekunden neben dem Dach stehen würde, dachte ich nicht. Warum ich vor der Dachkante stehenblieb, auf die ich, rückwärts über den Teppich gebeugt, zulief, vermag ich nicht zu erklären. So mit der Dachpappe in der Hand durch die Lüfte zu segeln, hätte sicher ulkig ausgesehen. Aber nur einmal. Ganz schnell kroch ich ins Mühleninnere, dann begann schon das große Zittern.

Alles, was war, fliegt schnell als Rückspiel am eingebauten Videoabtaster vorbei, und zugleich alles, was hätte kommen können – so eine Art Programmvorschau.

Nicht Angst vor dem Tod, dennoch gute Gelegenheit, die Sache zu bedenken. Und siehe da: Etwas Zeit möchte ich schon noch abhandeln. Auch, wenn's keine ganze Hälfte mehr werden sollte. Zu lange rannte ich alleine 'rum, Bärbels waren mir gefährlich, mit Mariannen verunglückte ich grundsätzlich, mit einer Christine einigte ich mich ...

Mir scheint, das Vorankommen eines Mannes gelingt nur mit weiblicher Hilfe. Mit der Geburt hört das nicht auf. In entscheidende Lebensmomente ist wohl immer eine Frau verwickelt, immer mit positiver Wirkung (eine Wirkung, die gelegentlich erst später eintritt), auch dann, wenn der Mann gar nichts mit der gerade hilfreich an ihm tätig werdenden Frau hatte, und auch dann, wenn der Mann gar nichts mit Frauen hat. Frauen helfen jedem jeden Alters. Oft aus einer Laune, vielleicht mütterlichen Laune heraus. Frauen helfen ohne Bedenken einem im wörtlichen oder sonstigen Sinne am Boden liegenden Mann sogar bei Gelegenheiten, in denen das Aufhelfen keinem Beteiligten positive Folgen verspräche.

Je länger ich hierüber nachdenke, desto klarer wird mir, diese Erkenntnis nicht als erster zu gewinnen, sondern diese irgendwo abgedacht zu haben.

Ich klappe die Augen wieder auf.

Keine Berge mehr, keine Häuser.

Unten flimmernde Lichter, oben flimmernde Lichter.

Echt. Kein Film.

Ich gehe zurück.

Flaschen stehen bereit, das Kofferradio scheppert, zwei oder drei Bier muß ich den anderen gegenüber nachholen.

Im Zelt herrscht gute Stimmung.

Am nächsten Morgen, Tausende strömen zur Rennstrecke, frühstücke ich an einem Kiosk und zünde den kleinen Funken. Mein Moped springt freudig an. Das alte Pferd mit seinem doppelt so alten Reiter will zurück in den Stall. Meinen Vierzigsten verbringe ich so etwa zwanzig Zentimeter über dem Erdboden auf dem zwanzigjährigen Moped zwischen Brno und Dresden.

Eigentlich sollte vor zehn Jahren dem Fahrgerät der Ruhestand beschieden werden. Ich glaubte, ausreichend große Reisen damit unternommen zu haben, und wollte nur noch zum Bäcker fahren wegen frischer Schrippen. Immer wieder brach ich mein Wort.

Nach vielen weiteren weiten Fahrten bot sich für dieses Jahr, unser gemeinsames Jubiläumsjahr, eine zufällige Gelegenheit: Am vierten Augustsonntag, meinem Geburtstag, fand eben dieses Rennen statt.

Leute aus Mahlow fahren regelmäßig dorthin, natürlich per Auto. Nur einen der regelmäßigen Rennen-Fahrer weihte ich in meine Pläne ein, woraufhin dieser mich selbstverständlich für ziemlich bescheuert hielt. Ich mußte mich ja irgendwie vorher über die Örtlichkeiten informieren und ihm einen Teil meines Gepäcks mitgeben. Geheim mußte die Sache bleiben, um mir bei Mißlingen des Unternehmens späteren Spott vom Halse zu halten. Christine hatte ich die Sache schonend beigebracht. Ihre Antwort bestand aus einem schicksalergebenen Blick. Wir vereinbarten Nachholung der Geburtstagsfeier unter dem Decknamen einer Wohnungseinweihung.

Der Moped-Jux begann so:

Donnerstag fuhr ich in Mahlow los, suchte zuerst Nebenwege, um einigermaßen ungesehen mit meinem hochbeladenen Gaul (das halbe Gepäck bestand aus Ersatzteilen) durch das Gebiet zu kommen, in dem mich jeder dritte kennt, und rastete in Dresden sozusagen auf einer Umlaufbahn, von der aus ich mich am Freitag früh ins All schoß.

Pünktlich nach zwölf Stunden landete ich in Brno, wenn auch dank sparsamer Federung ziemlich hart. Allerdings fand ich bei hereinbrechender Dunkelheit in dem unübersehbaren Heerlager aus Zelten und Autos meine Leute nicht. Nachdem ich die halbe Tschechoslowakei mit der Taschenlampe abgeleuchtet hatte, schwanden sowohl mir als auch der Lampe langsam die Kräfte. In einem Wäldchen, bißchen weg von anderen Landstreichern, zog ich alles übereinander an, was ich an Kleidung eingepackt hatte. Zuletzt stülpte ich mir die Fahrrad-Regenplane über, unter der ich sitzend mit angezogenen Beinen mühsam Platz fand, spannte den ebenfalls zwanzigjährigen Regenschirm mit seinen zwanzig Löchern auf, klemmte dessen Stiel, dem der Griff schon lange fehlte, durch ein paar Knopflöcher der äußersten Jacke, damit er, sollte ich tatsächlich einnicken, nicht herunterfallen konnte.

Auf den nächtlichen Dauerregen brauchte ich nicht lange zu warten. So gegen drei Uhr scheuchte Wind den Regen davon, gegen sechs Uhr klappte ich mein Luxusho-

REISE IN DIE VERGANGENHEIT
ŠPILBERK
DRESDEN
BRNO
Sentimental
LIOS
GRAND PRIX
39.

tel zusammen, versäumte nicht, meinen aufziehbaren Rasierer übers Gesicht zu ziehen, und schwang mich kühn auf das rostige Wrack, das mich allerdings noch nie – tatsächlich nie – im Stich gelassen hatte, wenn's auch manchmal hart dran war.

Kaum aus meinem Wäldchen heraus, sah ich Brno mir zu Füßen liegen, erkannte jetzt bei Lichte erstmals, wie die ganze Gegend hier zusammenhing, fuhr höchstens zweihundert Meter und stand vor dem die halbe Nacht gesuchten Auto. Es stand genau dort, wo mir mein Freund zu Hause das Kreuz aufs Papier gemalt hatte! Mindestens dreimal war ich am Abend vorher vorbeigefahren. Frisch rasiert und ausgeschlafen (ogottogottogott) weckte ich den Verein und weidete mich ausführlich am Erfolg der Überraschung.

Sofort verschwanden meine Rückenschmerzen.

An jenem Sonnabend watete ich im schmierigen Lehm während des Trainings die ganze Rennstrecke ab, suchte einen Platz für den eigentlichen Renntag, fand aber nur neue Regenschauer und allerumfangreichste Sicherheitsvorkehrungen, so daß gerade dort, wo am meisten zu sehen gewesen wäre, überhaupt nichts zu sehen war.

Mit einer soliden Lehmkruste überzogen, kehrte ich am Abend zu meinem rastenden rasenden Ungeheuer zurück und verweilte bis zum Dunkelsein auf einer halbwegs trockenen Hangwiese unter einem sich beruhigenden Himmel.

Am Morgen hatte ich andere überrascht, und, wie schon erwähnt, überraschte ich mich jetzt selber: Das Rennen langweilte mich schon vor dem Start. Das war doch alles noch wie vor 15 Jahren! (Endlich mal Langeweile!) Im Zelt schnatterten wir noch beim Bier, dann rollte ich den Schlafsack, der mir ja erst für diese Nacht zur Verfügung stand, auf dem platten Boden aus. Das Zelt darüber kam kaum zur Geltung, denn kein Regen fiel. Ich schlief wie tot . . .

Auf dem Fortbewegungsmittel Moped habe ich wohl alles erlebt, was sich mit diesem erleben läßt – bin im Harz durch einen Bach vor Wildschweinen geflohen, am Inselsberg eingeschneit, am Fichtelberg aufs Maul gefallen, wieder im Schneetreiben, dabei so demoliert worden, daß ich drei Tage lang nur flüssige Nahrung zu mir nehmen konnte, ohne allerdings die Tour abzubrechen. Das ging gar nicht, bis nach Hause brauchte ich so lange. In Zinnwald trug ich das gute Stück nachts über die Grenze, weil das Vorderrad luftlos und die Zündung funkenlos darniederlagen. Den Brocken erklommen wir gemeinsam bei Nebel nachts und Windstärke zehn, dabei die Ankunft erst feststellend, als ich das Gipfelhaus umzustoßen drohte. Ich kenne alle Tücken und Schwächen des kleinen Fahrzeugs, kann jeden Ton deuten, habe mit dem zähen Ding manchmal geredet wie ein Reiter mit seinem Pferd kurz vor beider Verdursten.

Undenkbar wäre, diese Konstruktion aus Rohr, Blech und Aluminiumguß als einen toten Gegenstand zu betrachten.

Ich kann diesen klapprigen Zentner unmöglich verschenken, verkaufen oder verschrotten. Das wäre mir wie Kindesaussetzung oder gar Mord. So ein Vehikel ab und zu mal zu streicheln ist natürlich Quatsch. Ich tue es trotzdem.

Ein Benzinpony kann nicht denken. Und wenn doch, seine Schuldigkeit getan zu haben und nun stillstehen zu sollen, hätte es nicht denken können, denn nachdem wir damals gemeinsam das weit größere Vehikel, die Mühle, besichtigt hatten, wurde ein zweirädriger Anhänger angeschafft.

Bald keuchten wir so mit den ersten Rollen Dachpappe über frisch kennengelernte Straßen.

REISE NACH ALTACKER

Christine hat zwei Geschwister, ihre Mutter hat acht und ihr Vater zehn.

Kurz vor unserer Hochzeit fuhren wir in die Gegend ihrer Geburt zu den Großeltern nach Altacker. Ans Tageslicht gelangte Christine in einer jener Landarbeiterbuchten. Eine lange Backsteinbaracke, schon ziemlich mürbe, mit kleinen Verschlägen, Stube und Küche genannt. Ebenerdig, muffig, zugig, finster.

Zu Christines Zeiten, das war, als die Genossenschaften auf dem Lande bereits erfunden waren, saßen alle Schulaltersklassen in einem Raum vor einem Lehrer. In der Schule logiert heute der Konsum. Die Kinder holt der Schulbus.

Für olle Leute, also nicht mehr schulpflichtige Altackerer, die in die Kreisstadt wollen und kein eigenes Auto besitzen, besteht Busverbindung nur Dienstag und Donnerstag. Ringsumher wachsen Rüben, Rüben, endlos Rüben. Am allerletzten Horizont steht Wald, sandtrocken.

Die neue Art der Feldbestellung erkennt man hier nicht nur an der Weitläufigkeit, sondern auch an der Unbenutzbarkeit der ehemaligen Wege zwischen den Feldern, statt deren neue, breite Fahrspuren über bestelltes Land führen. Die alten bösen Bauern jagten früher mit dem Hund jeden Wanderer vom Feldrain, die neuen guten Bauern kümmern sich um kein großes Auto auf dem eben uns allen gehörenden Acker. So ist alles menschenfreundlicher geworden.

Wir radeln zum See, dem einzigen im weiten Umkreis, dem See aus Christines Kindheit. Wir baden. Wir finden einander im Uferwasser, ohne daß uns jemand findet.

Die Kargheit der Landschaft ringsum beeindruckt mich.

Wir schieben die Räder hügelan durch den Sand. Christines echte Locken wippen vor mir trotzig auf und ab. Christines Gang drückt ihre Einstellung zur Welt aus: Nun gerade!

Die Dorfjule Christine nahm sich vor, auszubrechen aus dem Hilfsarbeiter- und Hilfsservierer-Einerlei ihrer Verwandtschaft. Sie wollte, die andern wollten gar nicht. Was sie lernte, lernte sie aus eigener Kraft, helfen konnte ihr zu Hause niemand. Ein Außenseiter in der Welt der Ahnen und Verwandten, die nur Essen, Trinken, Geld und allerdings auch Kinder gelten ließen. Christine wollte »was Besseres« werden, sagt Oma. Natürlich ließ Christine auch auf die schwierigen Fälle in der allernächsten Verwandtschaft nichts kommen! Sie redete überhaupt über niemanden in der Welt so richtig schlecht. Dagegen bin ich die reine Tratsche.

Im Haus der Großeltern geht man aus der Küche direkt in den Stall und vom Stall auf den hühnerkackebestreuten Hof. Hinter dem Hof beginnt der Obstgarten. Unter den Obstbäumen wächst das Gras für die Schafe, deren Wolle sich jedes Jahr zu Weihnachten zu einem von Oma selbstgesponnenen und -gestrickten Pullover für Opa verwandelt. Auf den Bäumen hängen die Sensen für alle Zwecke. Eine davon, eine kurze zum Grasmähen, hängt seit dieser Reise im Mahlower Mühlenschuppen. Christine versucht immer noch voller hinreißender Geduld, mir das fachgerechte Mähen beizubringen. Das Gras kriege ich zwar ab, aber Christine verdeckt dabei ihre Augen, um die perfide Grasquälerei nicht sehen zu müssen.

Aber zurück in die nur ganz wenig zurückliegende Gegenwart: Seitlich am Oma-Opa-Haus, keiner Landarbeiterbuchte, sondern einem alten Neubauernhof, strecken sich die Gemüse- und Blumenbeete, umzäunt von niedrigem, engmaschigem Draht als Bollwerk gegen Feinschmecker unter dem kleinen Zahm- und Wildgetier.

Vor dem Haus die kleine Veranda, Sonnen-, Wind- und

Schneeschutz, davor die Bank unter den Rankelrosen und gegenüber auf der andern Straßen-, na, sagen wir Wegseite, die Feldsteinkirche samt Friedhof, auf dem Oma regelmäßig Unkraut jätet. Obst, Gemüse, Blumen, die Kuh, das Pferd, die Schafe, Runkelrüben und Rankelrosen, Hühner, Enten, Gänse, Hund, Katze und Kanarienvogel, aller paar Tage als Gäste eines der oder mehrere der Kinder, Enkel, Urenkel, an denen Oma immer – Gerüchten zufolge Opa nicht immer – beteiligt war. Von dem, was da alles versorgt sein will, müßten die beiden doch den Verstand verlieren, das läßt ihnen ja überhaupt keine Freizeit. Und kein Rechner steuert die Prozesse!

Was sollten sie mit Freizeit tun?

Was ist Freizeit?

Freie Zeit könnte auch verschenkte Zeit heißen. Wer kann heute schon seine Zeit selber organisieren? Möglicherweise wird in dieser ominösen freien Zeit kein Geld verdient, sondern man versteht unter Freizeit die Lebensabschnitte, in denen Geld ausgegeben wird oder ausgegeben zu werden hat.

Wenn Oma und Opa Freizeit bei sich entdecken würden, also Zeit, in der sie nichts tun könnten oder müßten, weil alles getan wäre, dann wüßten sie: Nun wird gestorben.

Da leben wir kulturvollen Bürger besser.

Wir bemühen uns um immer mehr Freizeit, dieses zweideutige Etwas, wollen die Zeit der Untätigkeit ständig vermehren und wissen gar nicht, wie tot wir schon sind.

Ich frage Opa aus: Das Land erklären neuere Wissenschaften zu einem einzigen Riesenacker, der bei Sommerwind auf Wanderschaft geht, dem Produktionsgott zum Opfer. Nicht der ganze Acker wandert fort, bloß der Humus – der Sand bleibt uns erhalten.

Danach erfinden wir die Gebüschschutzstreifen neu, die, soeben erst abgeholzt, bislang an den Wegen standen

ALTÄCKER
(ALTMARK)
PROTZLEBEN
(NEUREICH)

und ehemals schnell wachsendes Feuerholz abgaben. Erst breite Gräben, deren Bau einen Teil der Ackerfläche frißt, die man gewinnen will, dann Plastfolie ins Grabenbett, damit kein Wasser zurück in den Boden sickert und die Hasen, keinen Halt auf der glatten Folie findend, elend ersaufen. Dann Anstau des Wassers, weil das Land vertrocknet und das wilde Viehzeug ausstirbt.

Was lieben wir an einem plattgewalzten, trockengelegten, staubenden Land?

Opa sagt: »Da mußte andere fragen, ich bin bloß 'n oller Kuhbauer. Ich verstehe ja nicht mal, daß es erlaubt ist, große Mengen vom guten Brot für'n paar Pfennige im Konsum als Schweinefutter zu kaufen, und daß sich keiner schämt, so was zu tun. Der Bäcker hat gesagt: Fürs Vieh backe ich nicht! – und hat seinen Laden zugemacht.«

Dreckarbeit ist unwürdig, das ist schon wahr. Die unwürdig schwere Arbeit abzuschaffen ist lohnendes Ziel. Die Knopfdruck-Gesellschaft hat sich als Utopie erwiesen, weil wir nicht verlernen dürfen, wie man mit einem Ofen die Stube warm kriegt. Ein kleines bißchen Überlebens-Autarkie für Wohngemeinschaften sollte uns inmitten der großen technischen Verbundsysteme nicht verlorengehen.

Vor einem so gewaltigen gußeisernen Ofen, wie Oma und Opa ihn haben, vor fast hundert Jahren gebaut, durch den die anheimelnde Hitze überall dort vorbeistreicht, wo sie gebraucht wird, natürlich mit Warmwasserkessel, Hahn dran und Becken darunter, alles zusammen einem alten Nachbarhause vor dessen Abriß entrissen, stehen wir schlauen modernen Menschen staunend mit offenen Mäulern.

So rast der Fortschritt.

Taschenrechner addieren im Alltagsgebrauch den Zuwachs an Kopfkalk. Mit dem Datenspeicher erfaßt man auch jene Bagatellen, für die eine stromunabhängige Kartei allemal ausreichen würde – diesen kleinen Unterschied meine ich.

Oje, bin ganz schön ins Schwätzen geraten mit meiner verschrobenen Philosophie. Das macht die zu viele Freizeit!

Oma und Opa jedenfalls sehen ihr Leben als erfüllt an, nicht als nutzlos verbracht. Zum Genießen kamen sie nie, die kulturellen Höhepunkte bewegten sich zwischen Hochzeiten und Begräbnissen. Oma und Opa leben und lebten immer recht bescheiden zwischen Kochmaschine, Stall und Plumpsklo. So wie sie muß man nicht leben, könnte ich nicht leben und kann auch Christine nicht leben. Abzuwarten bleibt, ob wir glücklicher werden.

Prenzlows, also Opas und Omas Kind und Schwiegerkind, Christines Eltern, zogen vom Dorf Altacker an den Rand einer als groß geltenden Stadt, damals nur mit Christine, die aber nicht lange Einzelkind blieb.

Das große Geld macht man angeblich in der großen Stadt. Zum Beispiel mit der Kellnerei.

Die schnelle Kohle.

Prenzlows allerdings, diese speziellen Prenzlows, Christines Mutter eine begeisterte Köchin, was man ihr auch ansieht, der Vater Landarbeiter, also in allen praktischen Tätigkeiten geübt, hager und zäh, blieben wider eigene Erwartung am Stadtrand bei ihren Leisten. Die Prenzlow-Geschwister der eigenen und angeheirateten Verwandtschaft, die Schwiegergeschwister, drangen weiter in die City vor, eben zur schnellen Kellner-Kohle.

»Endlich können wir uns was leisten.«

Um den zurückgebliebenen Dorftrotteln zu zeigen, wie weit man es in der großen Stadt bringen kann, schufteten sie mehr als früher auf dem Lande.

Ja, sie konnten sich jetzt was leisten.

Aber sich Zeit leisten, das Erreichte zu genießen?

Später?

Wann später?

Haben wollen, haben, wegschmeißen und was Neues haben wollen – damit vergeuden wir unser bißchen Zeit. Aus Angst, alles zu verpassen, verpassen wir alles.

Oma sitzt auf der Bank vor dem Haus. Sie residiert genau auf der Bankmitte, die Katze auf dem Schoß. Opa hockt auf der äußersten Bankecke, den vor ihm im Grase hechelnden Hund kraulend.

Christine und ich sitzen auf den Stufen vor dem Windfang, an die Tür und aneinandergelehnt.

Dämmerstunde.

Noch schöner wäre der Abend gewesen, hätte Oma nicht den Korken steigen lassen, Christine nochmals vor der Hochzeit mit mir zu warnen, weil Mühlenjimmys Gesicht vielleicht mit zunehmendem Alter noch schiefer werden könnte.

Zuerst war ich wie vor den Kopf geschlagen, als Oma das so zwanglos vor uns beiden herausbrachte. Christine lehnte sich fester an mich. Später erkannte ich: Omas Parameter für Männer zum Heiraten sind eben von ganz anderer Art.

Dann steigen wir zwei Mühlenleute die Bodentreppe hoch zur Giebelkammer mit den großen alten Betten, von denen eins genügt, uns beide zu verschlucken.

Mindestens ewig beieinander bleiben, sich nie wieder loslassen – und wenn, dann nur, um ins Eulennest der Mühle überzusiedeln. Ein dritter vergleichbarer Ort kann nicht existieren – nehme ich an. Hier in dieser winzigen Kammer wird – zumindest für die Zeit des Aufenthalts – alles wieder heil. Die Unruhe gewesener Mühlennächte erscheint als unerklärbar, als Unsinn. Die Welt ist nahezu unheimlich in Ordnung in diesem Federbettennest.

Wir erfühlen uns wie beiderseits soeben entdeckte Geheimnisse, wie man mit Gedanken umgeht, die sich bei genauerem Begreifenwollen zu verflüchtigen drohen – was man weiß und weshalb man einen Denk-Schwebezustand zu halten versucht in der Hoffnung, den Gedanken doch noch ganz fassen zu können.

Gehauchtes Streicheln. Langsames ruhiges Atmen mit Unhörbarem dazwischen; jedes kleine Lächeln, jeder Augenaufschlag, jede geringste Bewegungsandeutung sieht der andere ohne Licht – allerdings vor Augen, die man irgendwo weiter innen als selten benutzte Reserve entdeckt.

Was auch war, was auch wird, wir haben es vergessen und wollen es nicht wissen. Wir sind jetzt, in dieser Stunde – »sind« im Sinne von Zustand.

Kein ruhiges Atmen mehr, Lachen und Schluchzen unterscheiden sich nicht, und wenn es zum letzten Mal wäre. Nichts existiert außer diesem Augenblick und uns.

Dann träume ich die Bilder vom sonnenglitzernden See, vom über Kiesel springenden Bach, wieder dem See, leichtem Wellengang. Leute baden um mich herum, keiner sagt etwas, aber ich fühle, wie alle zufrieden sind und freundlich. Ich höre weder Wellen, Leute oder den Bach.

Der Traum enthielt weit und breit keine Mühle!

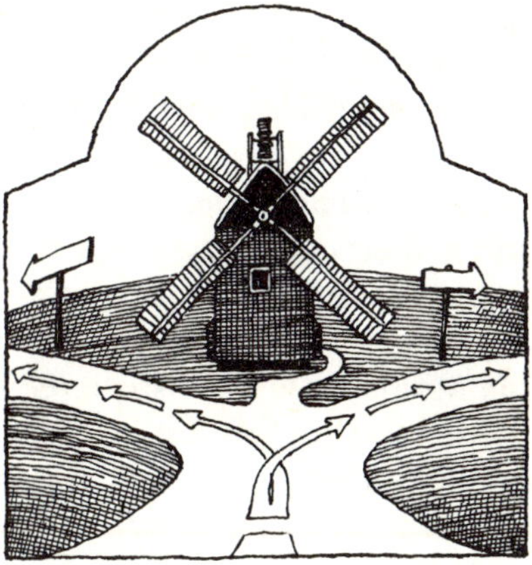

MÜHLENHOCHZEIT!

Eigentlich dachte ich, alles erzählt zu haben, was bisher rund um die Mühle geschah, alles Wesentliche jedenfalls. Ab und zu angedeutet, mußte es ja schließlich so kommen: Die Mühlenhochzeit fand statt. Gelegentlich, vor vielen Seiten, war von drei Schneebällen die Rede, die an meinen Schuppen pochten. Seither verging viel Zeit.

Am dritten April sollte was passieren. Lange hatten wir überlegt, vielleicht zu lange; alles hin und her, vor und zurück überdacht. Ursprünglich wollten Christine und Jimmy gar nicht heiraten, sondern »bloß so« modern zusammenleben. Das tun ja viele. Mit der Zeit bemerkten wir unser Zögern, Verpflichtungen einzugehen. Jeder hing eigenen Interessen nach, keiner brachte ernste Opfer. Jeder nahm die Vorteile der Gemeinsamkeit in Anspruch. Die Pflichten, falls man diese als Nachteile bezeichnen kann, schoben wir vor uns her. Zu solchen Hinausschiebungen oder Hin- und Herschiebungen gehörten nicht Albernheiten wie Wäschewaschen oder Fensterputzen. Wer den Deckel der Maschine nicht mehr zu kriegte oder durch die Scheiben nichts mehr erkennen konnte, legte Hand an.

Mal wollte Christine ein Kind, dann sah sie ein andermal die daraus erwachsenden Fesseln voraus. Mal wollte ich Kinder, und mal ertappte ich mich bei der Hoffnung, damit Christine fester an mich binden zu können – Kinder also als Vehikel.

Ganz auf die Mühle zu ziehen, sträubte sich Christine weiter. Ich hoffte, sie irgendwann zu überzeugen oder wenigstens zu überreden.

Kam ich allein in den Mahlower Gasthof, hieß es gleich: »Naaa?«

War ich sogar am Wochenende allein, fiel der flotten Lotte bestimmt eine forschende Frage ein.

Drei Jahre lang schund sich Christine in der Abendschule, um das Abitur nachzuholen, damit ihre ehrgeizigen Berufspläne zur Tat werden könnten. Allzuviel gemeinsame Zeit blieb uns nicht. Irgendeine Entscheidung mußte getroffen werden.

Entweder brauchten wir uns – oder unser Bindungsinteresse wuchs aus wirtschaftlichen Wurzeln, basierte auf praktischen Überlegungen.

Wenn's also keine Liebe wäre?

Dann sollten wir es lassen.

Als Christine auf der Schreibmaschine zu üben begonnen hatte, waren ihre ersten getippten Worte: »Ich liebe dich und bin sehr glücklich.«

Einige Zeit später tippte Christine dank Kursus recht zügig.

Insofern war es etliche Zeit später gleichgültig, wer sich wegen der Formalitäten für den dritten April an die Maschine setzte. Unklarheiten gab es nicht, wir sahen dem Stichtag fest ins Auge.

Nach zwanzig Minuten war alles vorbei.

Danach gingen wir ausführlich essen . . .

Das große Zittern begann erst später. Wie es Christine überstand, weiß ich kaum, vielleicht ließ es sie kalt, was ich nicht glauben kann. Für mich jedenfalls blieb nach der Scheidung für lange Zeit die Mühle die einzige feste Bindung. Bevor ich Christine kennenlernte, lebte ich eigentlich immer alleine. »Eigentlich«, weil zeitweilige Bekanntschaften zum Zwecke körperlicher Beruhigung beiderseitiger Bedürfnisse keine Gemeinsamkeit bedeuten müssen. Bis zum Schneeballwurf empfand ich das als bedeutungsarm. Mir schien, das mit der Liebe wäre wohl doch mehr Geschwätz als Wahrheit, wenn auch vielleicht vieler Leute Wunsch. Jeder braucht nur jemand andern, um seine eigenen Interessen zu verfolgen – und wenn es Machtgelüste über andere sind, die der Befriedigung bedürfen. Insofern wäre wenig wichtig, ob das nun zwischen Mann und Frau oder auf andere Weise geschähe.

Christine zermürbte meinen Zynismus.

Ich hätte sie fressen können – bis zu dem Tage, als ich erfuhr, wenn auch von ihr, unser erstes Zusammensein hätte sich aus Mitleid ergeben; sie hätte gespürt, wie ausgehungert ich gewesen wäre.

Davon sprach Christine erst, als wir schon auf zwei verschiedenen Eisschollen auseinandertrieben.

Ich dachte, diese Mitteilung müßte genügen, um jedes Prickeln in mir bei ihrer Nähe zu ersticken. Ich versuchte sie zu hassen und stellte mir die Frage: Was täte ich, stünde, was sowieso nicht passieren würde, Christine plötzlich vor meiner Türe, mit oder ohne Schneeball, und behauptete, alles wäre ein Irrtum gewesen, nach mir ... na, und so weiter?

Ich dürfte das Gartentor nicht öffnen.

Ich würde das Tor öffnen.

Nein, sie ist mir nicht weggelaufen, weil ich zu gut war und sie zu unbeständig. Sie ist weggelaufen, weil ich zu dämlich war, sie zu halten.

Für unsern Scheidungsgrund empfinde sie mehr Sehnsucht als je nach mir, sagte sie, was nichts besagen muß.

Ein bißchen Panik hatte sich ihrer wohl bemächtigt.

Als sie mich verließ, verließ sie gerade sich ausbreitenden ökonomischen Wohlstand. Das machte ihr Gehen ehrlich. Sie wollte frei sein, das Leben genießen.

Ein Jahr blieb sie frei.

Ich wiederum mühte mich ab, mit neuen Bekanntschaften wenigstens meine physische Befriedigung zu finden – wieder mal – und möglichst zum beiderseitigen Vorteil.

Lag's daran, daß Christine ein ganzes Stück jünger war als ich – die neueren Kontakte funktionierten eben mal gerade so aus Spaß. Dem Vergleich mit Christines straffem, zartem Körper und ihrer Beteiligung und Hingabe hielten meine neuen Liebschaften nicht stand, die meinem Alter zwar angemessener schienen, mit deren passiver Partnerschaft ich jedoch nicht zurechtkam.

Plötzlich, ohne Anlaß, sah ich ihre kleine Brust, das andere, ihre mit zwei Händen fast umfaßbare Taille, ihre kurzen, etwas krummen Beine, die sie gern in langen Hosen verbarg, da hatte sie ihren Komplex, die ich aber gerade so liebte, wie sie waren. Die schönsten Kullerwaden besaß ich selber, da konnte sich Christine ja die Beine leisten, die eigentlich mir zustanden.

Vor einem halben Jahr lagen wir zum letzten Mal zusammen.

Wenn ich dachte, ich wäre sie los, tauchte sie wieder da oben im Kopfkasten auf: ihr Blick, ihr trotziger Gang, ihre typischen Handbewegungen, wenn sie was erzählte.

Manche beglückwünschten mich:

»Das war keine Frau zum Heiraten.«

»Sei froh, daß die Episode vorbei ist.«

»Ich hatte von Anfang an kein gutes Gefühl.«

»Ich hab's kommen sehen, ich habe von früheren Geschichten mit ihr gehört.«

Ach, was wußten diese liebestoten Leute! Und was ging's sie an?

Von ihnen ließ ich mir die Zeit mit Christine nicht kaputtmachen; ich vertraute auf die praxiserprobte Theorie, nach der nur die angenehmen Seiten der Vergangenheit im Gedächtnis einen nennenswerten Eindruck hinterlassen. Überlebenstraining des Gehirns – und der Seele.

Zur angenehmen Vergangenheit gehörte, das muß beiläufig mal gesagt werden, die Mühlenhochzeit, der es an Aufregungen und Sensationen keinesfalls gebrach.

Wegen des sehr gemischten Klimas zwischen meinen damals zukünftigen Schwiegereltern und mir war uns schon angekündigt, daß dieselben an unserem Heiratstage etwas Wichtigeres vorhätten.

Aber wie das mit der Neugier so ist: Die Mühle, die Mühle . . .

Zwei Wochen vor dem standesverändernden Amts- und Lokaltermin fuhr überraschend in Mahlow ein Auto vor, dem Prenzlows entstiegen. Sie kamen genau richtig – ins Chaos!

Ich sägte und zimmerte, isolierte und strich an, Christine trug dieses davon und jenes daher, die ganze Mühle lag voller Späne, Latten und Lattenreste, Isolierwolle und Isolierwollfetzen, man konnte wirklich nirgendwohin treten, zumal im Prenzlowschen Sonntagsstaat, ohne an sich selber oder dem herumliegenden Zeug etwas zu ruinieren.

Prenzlows hatten sich vorgenommen, negative Eindrücke zu sammeln, und waren sehr zufrieden: »Hier kommen wir keinesfalls her! Hier kann man doch keine Hochzeit feiern!!«

Voller prallen Entsetzens schlugen sie die Autotüren von innen zu.

Einige Tage später brachte Christine die Nachricht mit, ihre Eltern kämen nur mit aufs Standesamt. Wir hatten ein Amt weit weg von Mahlow in der Großstadt gebucht, das fand in seiner Liste am erwünschten Tage ein freies Stündchen für uns.

Am Wochenende vor der Heiraterei zwinkerte Christine: »Alles klar. Auch Opa kommt. Und Tante Lore und Onkel Heinz. Bloß Oma muß in Altacker bleiben wegen dem Viehzeug.«

Nachdem zuerst gar kein Prenzlow kommen wollte, dräute nun hoffentlich nicht gleich die ganze unübersehbare Verwandtschaft! Dann müßten wir, wie auf dem Dorf nicht unüblich, einen Bus mieten!

Aber es blieb beim angekündigten Umfang.

Beim amtlichen Vorgang mit musikalischer Umrahmung mußte ich ein bißchen schmunzeln: Das Organisieren und Inszenieren dramatischer Abläufe war ja mein eigener Beruf. So blieb die Routine des Vorgangs nicht verborgen. Kurz vorm Jasagen verfehlte aber die Routine doch nicht ihren Erfolg, mir wurde tatsächlich feierlich zumute.

Und lange, lange hatte ich mir diesen Moment gewünscht. Bloß hier war ich nicht der Macher von LIOS, diese »Einstellung« konnte nicht »noch mal gedreht« werden: »Eins, das zweite Mal« – klapp.

Hier ging's nicht um einen Gag, sondern um Verantwortung für uns zwei und später vielleicht drei.

Nach der feierlichen halben Stunde im intimen Kreise schlängelte sich die vierteilige kleine Autokarawane über die Stadt- und Dorfstraßen hinaus ins Riewendter Ländchen, denn das Mittagessen war in der Mahlower Gaststätte bestellt.

Der erst so abgeneigten und dann so zahlreich vertretenen Verwandtschaft Christines konnte ich »nur« meine Mutter entgegen- beziehungsweise dazusetzen, aber alle Mahlower Sigges samt ihrer Frauen sorgten für Ausgewogenheit. Der Tonmeister, als ehemals unfreiwilliger Kuppler, lavierte zwischen den nicht mehr vorhandenen Fronten.

An der Mühle fuhren wir zuerst nur vorbei, ohne anzuhalten, dahin wollten wir nach dem ausgiebigen Mahle für den Rest des Tages. Schwiegeropa sah dabei zum ersten Male vor diesem Mahlower Mahle die Mühle. Fotos kannte er zwar, aber wie die Alten so sind: »Was ich nicht selber gesehen habe . . .«

Kaum in der Gaststätte angekommen, kam Schwiegeropa schnurstracks auf mich zu, hielt mir schon von weitem die Hand entgegen, ergriff meine, umfaßte sie mit beiden Händen und setzte danach zu einer Umarmung an, die er aber schüchtern unvollendet ließ: »Ich gratulier' dir zu der herrlichen Mühle! So hab' ich's mir nicht vorgestellt!!«

Seine Augen leuchteten.

Das Lob der Denkmalpfleger mag ich sehr, aber wenn es so einen alten, sehr, sehr ruhigen Bauern derart herum-

PHANTASTISCHTUCH
MÜHLEN FLÜGEL
FAHRRÄDER ANLEHNEN VERBOTEN
RAUCHEN VERBOTENER
HOCH SOLL'N 'SE LEBEN... HICK SOLL'N 'SE LEBEN
VORDERSEITE
BIN
WINDILATOR?

reißt, dann geht das, Verzeihung, noch tiefer unter die Haut.

Nach der Esserei spazierten wir zur Mühle, das Gepäck fuhr Auto. Mit ihm fuhren mein frischgebackener Schwiegervater, Onkel Heinz, der Tonmeister von damals und Chefsigge, der uns, das sogenannte junge Paar, chauffiert hatte. Sie warteten am Gartenzaun auf uns Schlenderer. Sigge erklärte den anderen Autofahrern die Mühle, das erkannte ich schon von weitem.

Christines Verwandtschaft blieb immer noch wortkarg und verstummte beim Eintreffen an der Mühle vollständig. Die Folgen der vergangenen Stippvisite verursachten bei Prenzlows sicher ein dumpfes Gefühl in der Magengegend: Wie würde die Mühlenstube heute aussehen? Wie von uns erwünscht, begann beim Ersteigen der Mühle das große Staunen. Besonders Altackeropa huschte von einer Ecke in die andere, bevor ihm jemand die Mühlsteine und Zahnräder weggucken konnte. Natürlich stand alles vorbereitet und geschmückt für die weitere Feierei bereit. Bis zur letztmöglichen Minute hatten wir geschuftet; die alte Regel, nach der die Eltern der Braut die Orgie ausrichten, galt ja für uns nicht. So strahlte die Mühle innen in jenem Zustand, in dem gewöhnlich neuerbaute Theater oder Wohnviertel übergeben werden: Auf den ersten Blick sieht es so aus, als wäre das Bauwerk fertig, aber nach dem Einweihungsrausch geht die Bauerei erst richtig los. Einweihungstermine, so hat es den Anschein, werden immer etwas zu zeitig angesetzt, jedoch ohne sie würde ein Projekt erst am Allerjüngsten Tage den für Einweihungen erforderlichen provisorischen Fertigstellungsgrad erreichen.

Jedenfalls löste sich der Kloß im Halse Prenzlow schnell, Opas Freude baute da eine gute Brücke.

Aus der Zeit meiner Gastrollen bei Index und Exzeß, Kontakt und Kompakt war ein Musikant übriggeblieben, damals Student, nun Arzt, immer noch wild wie ein Schlagzeuger gestikulierend, der überraschend und gratulierend hereinposaunte, dann zur Gitarre griff und als Einmannkapelle den kulturellen Teil erheblich erfolgreicher besorgte als ein lebender oder elektronischer Bandkassettenwechsler. Rezitativ und Arie des Chefwanderers fielen mir ein, wären hier aber doch zur Plage geraten. Sie hätten eine Verlängerung der Feierlichkeiten auf mehrere Tage verlangt. Chefi selber allerdings hätte in die Runde gepaßt, in seiner grünen Kluft vielleicht als Weihnachtsbaum oder sonstwie zu deutende Reliquie, denn er trug ja schließlich Schuld und Mitverantwortung am Beginn meines ausufernden Mühlenabenteuers. Aber die Chefmühlenaffäre wirkte nach, ein Handtuchbrief blieb aus. Oder hätte ich den diesmal schreiben sollen?

Beim Stichwort Chefwanderer fällt mir noch einmal das Folgestichwort Silvester ein. Im Unterschied zu damals bestanden bei der Mühlenhochzeit keinerlei Fraktionsprobleme, denn fast alle Beteiligten außer mir stammten vom Lande – und sahen einschließlich pausbäckiger Schwiegermama auch so aus. Den Silvesterfilm brauchte ich nicht vorzuführen.

Schwiegeropa: »Ein Schaf kannste von deinem Gras durchbringen.«

Er rechnete vernünftigerweise meine – unsere Wiese gleich in Wolle um. –

Feier vorbei, die Mahlower gingen, die Verwandtschaft fuhr (Onkel Heinz mußte deshalb darben), die anderen verschwanden auch unauffällig, wir beide blieben und suchten vorsichtshalber schon unser längst fertig gepacktes Gepäck für die Reise zusammen. Eine Tasche fanden wir nicht.

Schon deshalb blieb dies eine meiner unvergeßlichsten Hochzeiten, von dem dazugehörigen Mädel ganz zu schweigen. Die nominelle Hochzeitsnacht fand statt ohne Flatterhemd und verlief recht stürmisch aus nicht alltäglichem Anlaß:

Wir suchten zunehmend nervöser, hektischer, panischer die fehlende Tasche. Sie enthielt weiter nichts als alle für die Reise geeigneten stofflichen Hüllen Christines. Im Moment besaß deshalb Christine nur das an textiler Ausstattung, was sie gerade abwerfen wollte: Das Hochzeitskleid mit wenig dazu und darunter. In einem Pappkarton neben dem Eulennest lagen als Ausweichkleidung nur die verschlissenen und zerfransten Mühlenarbeitsklamotten, die bis zur letzten Feiervorbereitungsstunde Dienst getan hatten.

Kurz: ob geklaut, stehengelassen oder verschollen, ohne den Tascheninhalt konnte Christine kaum die Mühle verlassen.

Ich ertappte mich bei einem unangebrachten Gag: »Nun muß sie doch auf der Mühle bleiben und kann nicht zurück in die Stadt!«

Um die hotelträchtige Auswärtsreise nicht zu gefährden, blieb nur übrig, am Morgen des dräuenden Reisetages das einzukaufen, was für die Fahrt unbedingt erforderlich war. Ich sah ja schon sehr fesch aus und versteckte Christine in ihrer Arbeitskluft, nicht gerade einer Hochzeitsreiseuniform, hinter oder neben mir, damit niemand ihre ausgefransten Klamotten sehen sollte.

Erst nach Verlassen des ersten Ladens konnte ich sie wieder der Öffentlichkeit präsentieren.

Mit steigender Hast keuchten wir von Geschäft zu Geschäft, ich meine: von Versorgungseinrichtung zu Verkaufsstelle, um auch den Rest für darunter und darüber zusammenzubekommen, und fielen schließlich restlos erschöpft in den letztmöglichen Zug Richtung Auswärts, mit dem wir die bereits bezahlten Hotelbetten noch erreichen konnten.

Wir schauten uns an, wie es zwei gehetzte, aber mit Mühe doch entkommene Hasen tun mögen, nicht wie ein sich zärtlich liebend Paar.

War alles ein Omen? Wenn ja, welcher Art?

Ein Oma-Omen?

Was Aberglauben betrifft, so genügt die Kategorisierung der Leute in zwei Gruppen: Die einen sind abergläubisch, die anderen geben es nicht zu. Ob nun mit oder ohne Oma.

Hochzeit vorbei, Scheidung vorbei – war's das schon?

Es läßt vielleicht nicht auf allzuviel Erfahrung schließen, wenn ich Christine als die Frau in Erinnerung behalten möchte, bei der es sich gelohnt hat, auf sie reinzufallen.

Jimmy, Jimmy: Noch ist nicht aller Tage Schlafenszeit!

Doch auch die zweite Nachchristinenliebeswelle rauschte vorüber.

Immerhin rauschte die Welle: mit gleichzeitig zwei netten Frauen in netter Sommernacht im richtig netten Korn. Futterroggen. »Jaja, der olle Loddersack Jimmy hat so was drauf!« wollte ich sagen hören.

Der Erfolg?

Reden wir lieber nicht drüber.

Ich mißtraue allen diesbezüglichen Gerüchten. Unlösbare Entscheidungssituationen bedeuten Stagnation.

Vornehmer kann ich es nicht ausdrücken.

Was sollte ich gegen die Monogamie zu Christine tun, diese überflüssig gewordene Monogamie?

Am besten wäre, ich würde baldigst verrückt.

Normaler kann ich es nicht ausdrücken.

Ich dürfte dann rote Backsteingebäude von innen in Augenschein nehmen, also die weiß gestrichene Seite der Gebäude. Ich bekäme ein numeriertes Schälchen, sogar eine kleine Schnauze ist da dran, ich brauchte nur den Mund zu öffnen für eine Portion Beruhigungs- und Verlangsamungstabletten. Vielleicht in Bernsdorf.

Na so ein Jammer!

Was dachte ich denn bloß für Quatsch?

Oder ein Wunder, mindestens aber ein Zufall eilte herbei, her zur Mühle, in der ich hockte wie Dracula zwischen den Spinnengeweben, nicht so tot wie jener, dafür selber als Spinne, im Netz auf Beute lauernd.

Mühlenbesucherinnen mit Kind, sichtlich ohne festen Vater, kamen im Sommer genug, vielleicht ließ sich eine davon einfangen.

Huhu!

Machte ich es mir nicht ein bißchen zu leicht, war ich wirklich ein so edles, aber ungerecht vom Schicksal geschlagenes Geschöpf, hätte ich nicht lieber selber einen Schritt vor die Haustür treten und dort nebenher sowie unauffällig etwas kehren müssen?

Oder ob Christine doch mal vorbeikäme?

Jetzt ging das wieder los!!

Ich versuchte, mich aus dem sich weiter verwirrenden Wirrwarr herauszulösen, und stand unter den sich kräftig drehenden Flügeln. Sie pfiffen und rauschten dicht über meinem Kopf vorbei. Ich lehnte mit dem Rücken an der Mühlenwand, der Sturmseite, und ich schaute hoch zu den rotierenden Riesenarmen meines Lieblingskraken unter den sich nicht beruhigenden Spätabendwolken.

Da drehen sich etliche flotte Zentner, wenn nicht gar Dezitonnen. (Jaja, immer den Schalk als Schild.)

Wenn da mal was bräche!

Und ich . . .

Dann wurde mir vom Hochschauen schwindlig; der Wind nahm zu, die Flügel schlugen um sich.

Ich schmiß mich ins Gras und heulte.

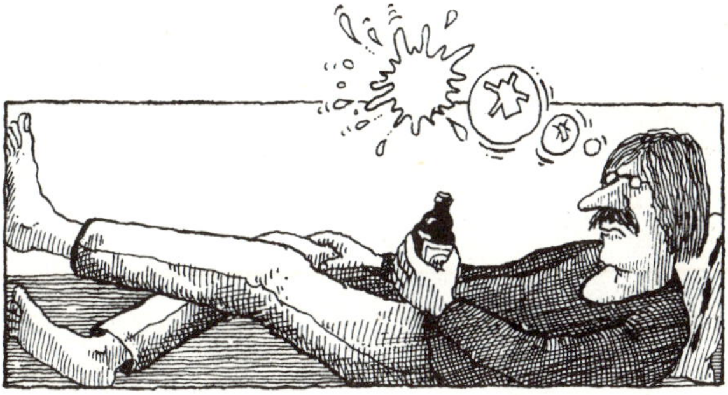

INHALT

RR
GTX
FINGER WEG!
VERBOTEN
!?!